想念总是情不自禁

房向东——著

南方传媒 | 广东人民出版社
·广州·

图书在版编目（CIP）数据

想念总是情不自禁 / 房向东著 .— 广州 ：广东人民出版社，2022.4

ISBN 978-7-218-15348-3

Ⅰ. ①想… Ⅱ. ①房… Ⅲ. ①散文集－中国－当代 Ⅳ. ① I267

中国版本图书馆 CIP 数据核字（2021）第 214851 号

XIANGNIAN ZONGSHI QING BU ZI JIN

想念总是情不自禁

房向东 著

出 版 人： 肖风华

责任编辑： 李力夫

责任技编： 吴彦斌 周星奎

装帧设计： WONDERLAND Book design 仙境 QQ:344581934

出版发行： 广东人民出版社

地　　址： 广州市海珠区新港西路 204 号 2 号楼（邮政编码：510300）

电　　话：（020）85716809（总编室）

传　　真：（020）85716872

网　　址： http://www.gdpph.com

印　　刷： 三河市中晟雅豪印务有限公司

开　　本： 880mm×1230mm 1/32

印　　张： 8.75 **字　　数：** 173 千

版　　次： 2022 年 4 月第 1 版

印　　次： 2022 年 4 月第 1 次印刷

定　　价： 58.00 元

秋风萧瑟，落叶凋零，人间四季轮回，
想念总是情不自禁……

序

性情人作性情文

回忆亡人的文字，古今皆有，不足为奇；专书也不鲜见。不过像房向东这样，不但为至亲、挚友、名人立文字碑，让众多普通人进入读者视野，而且有几篇杂文专门探讨中国人历来忌讳的死亡问题，大谈自己的死亡观，实属罕见。

《想念总是情不自禁》时间跨度长达四十余年，记载了房向东从一个十几岁充满理想主义却涉世未深的知识青年，到逐渐走向成熟、成功，成为一个富有责任感和社会担当的知识分子的漫长道路中，遇到的许多人与看似平凡却令人难忘的琐事。他从这些人（其中许多是平民）和事上，磨炼出观察世界的敏锐感与独特的切入角度，于普通人身上发现人性美，在平凡琐事中看清社会痼疾与症结的解决之道。他正是在这样的文化环境中逐渐成为中国鲁迅研究界的知名学者和有影响的出版人。这种在传人中融入某种自传色彩的写法，颇可一赞。

大凡文学爱好者多为性情中人，房向东也不例外。也许就是《想念总是情不自禁》中透露的这些经历，使他的性情有些别样。我在和向东的交往中，深感他讲情义，重承诺，做事认真、执着，有担当，有章法，绝不率性而为，更不苟且了事。他有“旧”文人气质而无“旧”文人“习气”。在社会风气普遍浮躁，价值观不时扭曲的当今，他的这些品格尤显可贵。

据说，十八、十九世纪的欧洲，文学艺术家只有到巴黎，作品被文坛或艺术界认可，才能出名。在旧中国，则要到上海滩，才容易出头。1949 年以后，首都北京的舞台一强独大，报、刊、出版社林林总总，各路名家云集，连上海也望尘莫及。其实外地有许多作者、学者也很有水平，但北京的总是得近水楼台之便。向东在这本怀人散文集中，虽然也写到几位闻名海内的大家，不过更多的是为那些在八闽大地上辛勤耕耘，贡献良多，而不大为外地人知的文化人，留下几帧珍影。向东善于从一些貌似不起眼的细节中写出人的精气神。在他笔下的人物身上，往往散发出中国传统文化中的真善美。如沈用大说以鲁迅、胡适为代表的“五四”那一代作家学者，不但旧学功底深厚，而且学贯中西，是“前不见古人，后不见来者”。可谓振聋发聩，颇能引起读者共鸣或深思。在写到创办《当代文艺探索》、培养了一批“闽派评论家”的魏世英，晚年有一部八十万字带有自传色彩的反映1949 年前福建地下党领导学生运动的长篇小说，想找个有些影响力的出版社出版，久问无果。房向东建议帮他申请文艺发展基金，被他断然拒绝。他不愿沾这个光。他要靠自己作品的实力让书问世。他身上分明闪烁着中国文人的骨气。

我和向东结识于1999年初秋，在昆明举行的“中国鲁迅研究五十年学术研讨会”上。当时他已经以视角独特的《鲁迅与他“骂”过的人》等论著为学界瞩目。我在学术研究方面并无专攻，是到处夹塞的“杂夹”，鲁迅研究就属于又夹了一塞。我在大会上发表了一点谬论。大意是，历来认为鲁迅的思想早期属于进化论，后来进步为阶级论。我认为鲁迅后来是退步了，他的早期思想更加深刻和宝贵。好在我是最后一个发言，即使有人想批判我也没有时间了。第二天出游的汽车上，向东与我同座。我俩一见如故。一路上文坛旧事、学界新闻，无话不谈，颇有相见恨晚之感。谈到一位红得发紫的作家，我说他某文实际上把散文写成了小说。即便是小说，好几个重要细节也都违反基本的生活依据和情节逻辑。这样的作品竟然被捧成名作，真是咄咄怪事。这就是所谓“名人效应”——只要是出于名人笔下，就认为必定是“佳作”，甚至成为大学教材。向东当即说，您可以写一篇文章批评呀。我说，他最近因一段多年前的经历被不少人批得厉害。那事我知道一些，他的问题没那么严重。我不想凑这个热闹。

2002年春，已经是福建人民出版社社长助理的向东带了一个编辑来舍间说，他们打算出一套学术随笔“春秋文丛”，想约我出一本。我问了问都约了谁，他说了几个。嚯，都是名家！我一听愁喜交加。喜的是，时年六十有四只出过三本书的我，终于熬到出版社领导亲自登门约稿出书的日子了。这种搭名人快车的机会岂能错过！愁的是，一本随笔之类的书总要十万字才行。那些年我在《文艺报》《中华读书报》和《人物》杂志等报刊发表过一些这方面的文字，多是两千字左右的小文章——超过两千字，报纸编辑就脑袋大——名人除外。这样就要再写好几万字才行。我写得慢，起码要三五个月。而我正忙得焦头烂额。况且我已经暗下决心，这次去新加坡讲学回来，就彻底辞去学校返聘，专心致志写已经写了十几万字的历史题材小说，以圆我少年时代的作家梦。再不赶紧写完，说不定哪天我就骑驴西归了。于是，我只得婉言谢绝向东的美意。

向东问起两年多前我在昆明与他谈到的1998年两次去新加坡讲学和商议联合办学的事情。当他得知我早已将课程定名为《中国文化史》，在北京语言大学给留学生毕业班教这门课也已几遍，就饶有兴趣地问，这门二十世纪八十年代就热起来的课，您讲的，有什么特色？我说，中国文化史通常都是横向板块式地分别讲文字、度量衡、科举制度、官制等，我是纵向从民族文化心理的角度，讲中国文化发展中的一些重大问题。我顺便简单介绍了几个专题的主要观点。向东立即向我索要讲稿。他看了看北京语言大学印刷厂印的十几万字内部教材目录，翻了几章的首页，当即说，这本书我们出，您抓紧时间改一改。几天后，他从福州打来电话，说社长亲自看了内部教材，同意出版。不久就正式签订了合同。由于几年来讲稿已经改过多遍，我很快就补充了一些内容，再改一遍发去。我和向东的这种聊天方式其实是一种思想碰撞，某些火花也许就能够变成熊熊大火，对于作者或报刊、出版社、电视台来说，都很有好处。我后来有好几个电视系列节目和书籍出版，都和这种聊大天有密切关系。

责编与我经常电话沟通，一谈如故。若有不同看法，双方很容易理解与妥协。一审、二审顺利通过。责编告诉我，有同志有不同看法，意见还比较大，待整理后发给我。我说没问题，你统统发过来就是了。责编就老老实实全发过来了。原来提出不少重大意见的是位资深编审。话说得很重，而且明确指出，不修改不能出版。我知道敢这么说话的，肯定不是一般人。想不到向东竟然为此写了洋洋两万多字的审稿意见，为我辩护！我在学术问题上历来宁折不弯。宁可不发表，不出版，不播出，基本观点绝对不改——改了那就不是我的而成了编辑的了。此前和以后的十几年，我因此得罪过好几位有分量的总编和制片人。由于《中国文化史论纲》书稿是他们约的，是社长助理和社长都看了满意之后才正式签合同的，出现这种局面，我可以索赔。但念及向东古道热肠，善良正直，在出版学术著作赚不了钱的情况下，主动为我创造机会，我岂能再给他添堵！于是我去信出版社，主要观点不做修改，撤回书稿，放弃索赔。

2011 年初，向东到海峡文艺出版社当了社长、总编辑。当时我的长篇小说《文明太后》（再版后改用原名《风华绝代冯太后》）已出版多年，向东又亲临舍间动员我写长篇小说《魏孝文帝》（与单玫合作）。原来撤回的《中国文化史论纲》也在海峡社出版了。向东离开海峡社后，我还在海峡社出版了《从朦胧到觉醒——中国现代白话小说语言艺术》。

虽然出版界不少领导往往同时也是某个领域的专家，也有散文、评论结集出版，但像房向东这般多才多艺，不但长于鲁迅研究，而且在文艺评论、散文与小说创作方面皆有建树，实不多见。他的小说《儒林内史》，把当今出版界内外的知识分子众生相写得活灵活现。人物虽然多为虚构，熟悉者大致都能猜出原型是谁。没想到他在一件事中提到我时用了真名。由于个别文字易生误会，所以我只好出来啰唆几句。那本《中国文化史论纲》夭折几年后，三联旗下一个中心有位资深编辑来舍间，打算出版我的散文随笔集。我提出要同时出版我的《中国文化史论纲》。过了一阵，我将编好的近二十万字的散文集《话说饮食男女》连同《中国文化史论纲》书稿电子版，一起发了过去。又过了些时日，那边电话问我，是不是一定要打包出。我说是。于是告吹。所以《儒林内史》中提到我把《中国文化史论纲》文稿给了三联，其实是人家主动，好意抬举，我忘记自己吃几两干饭了，非要打包，鸡飞蛋打。

《想念总是情不自禁》中最让我怦然心动的是作为附录置于全书末尾的四篇杂文。向东古今中外，旁征博引，挥洒自如，娓娓道来。没有悲天怆地，也无激昂慷慨，写死亡如议寻常事。人们对死亡、墓葬、遗嘱、丧事等的不同态度与做法，跃然纸上。他无情批判至今依然不衰的许多不良旧俗，指出，中国应该“进行死的教育”！他对死亡的深切思考，颇可玩味，读后让人感到灵魂升华，更加理性与平静地对待那个必然时刻的到来。

我一生尤其是后半生得到许多朋友的帮助，其中不少是当年的中青年朋友。古道热肠的房向东就是最重要的几位之一。今年他六十一岁，也退休了。

先母生前曾叮嘱我们姐弟：帮助过我们的人，我们都不要忘记。我一直铭记那些在我生命途中向我伸出过援手的人。遗憾的是，有些人我永远没有机会报答了。但那些事情我绝对不会忘记。

是为序。

八十三叟周思源

2021 年 5 月 27 日

于北京语言大学三间屋

目录

第一辑

第二辑

第三辑

第四辑

附录

第一辑

扎根树

榕城也实在是榕城，到处是榕树，一下火车便是榕树，南门兜正中是榕树，五一广场的两侧是榕树，鼓山脚下是榕树……好一个榕树之城！

榕树安稳、怡然，垂着胡须，像饱经世故的老人，又像婴孩的母亲，给榕城儿女一种庇护感。当年，多少漂泊他乡的知青，累了时，多么想休息一会儿，回到这大榕树前靠一靠啊！

当年——

我们身穿绿军装，戴着红袖章，背着小背包，还有，嘿，还不是叶知春出的俏皮点子，一人手捧着一株小榕树——象征我们立志农村干革命的扎根树，离开了故乡，离开了父母和兄妹，到那闽北的绿色金库安家落户。

那不都是昨天吗？那逝去了的，不可追回的昨天！

我们身穿绿军装，戴着红袖章，背着小背包，还有，嘿，还不是叶知春出的俏皮点子，一人手捧着一株小榕树。

……

不知是因了大城市的喧闹，还是因了突发的恋旧之幽情，抑或对叶知春的怀念？也许各种因素兼而有之吧，清明节，我决计回我插队的闽北山区一趟。

披着霏霏淫雨，我又到了福州火车站。

嗬，一晃回城两三年啦！这几年，我人在福州，倒是没有再来过火车站，大家都回到了故乡的怀抱，那接接送送、送送接接的日子过去了！

火车站广场旁边的宣传栏，过去曾经写着“到农村去，到边疆去，到祖国最需要的地方去”“滚一身泥巴，磨一手老茧，炼一颗红心，干一辈子革命”之类的标语口号。如今呢，是各色各样的广告。一个秀发女郎伸出白皙的手，手上戴着小巧的金表，下头写着：“石英技术誉满全球，石英手表引领世界新潮流。”

新潮流？是呀，时代真变啦。

是惆怅？是惋惜？是眷恋？昨天，无代价地索取了我们的青春，连一张收据也不曾留下……也许，正是由于我们的热血和着汗水与化肥，洒在当时并不曾看见希望的田野，历史老人才把我们的情感留在了昨天？

我摇摇头，苦笑一声，走进了候车室。

……

我们的知青点在离生产队五里远的小山坡上。一座雪白的房子，旁边有一个半截的篮球场，还有养猪场、小鱼池等。当我隔了这么多年重新踏上这块土地时，篮球场上乱草丛生，好不荒凉。知青楼的白墙上斑斑驳驳，许多地方露出了黄土，金训华在洪水中抢救人民财产的宣传画和“知识青年之家”几个字，被雨打风吹去，模模糊糊，若隐若现，好像罩在雾中的现代派朦胧画。真是破败了！这里，曾经笑声夹带着哭声，执着夹带着愚鲁，热烈夹带着疯狂，鸡肉炖香菇夹带着大头菜配盐稀饭，创业的光荣夹带着败业的可耻……总之，这里是矛盾的房子，矛盾的田地，矛盾的小溪流水，矛盾的中华儿女。如今呢，这一切都哪里去了？

我曾经听过一个插过三天队、学过五天诗的女青年诅咒上山下乡的诗句：

往事不堪回首，
让我们一千次地诅咒可诅咒的昨天吧！

诅咒昨天？这诗让我想起了仇学宝“左”味很浓的《金训华之歌》，还有郭先红的那本小说《征途》……现在总说不要割断历史，平心而论，当时，它们是怎样激动了我们的心！

革命青年志在四方，
奔赴祖国最需要的地方。
……

祖国最需要的地方？我们的知青点，你可成了最新的历史文物了！过了若干千年后，是不是有红卫兵街，或者知青点呢？街上贴着“文革”中的标语，大家不穿西装，而特意做军装，卷裤脚，是不是还要佩戴红袖章，还有那金字塔式的竹斗笠？

扯淡！

知青点前的埂溪静悄悄地流淌着，流入富屯溪，流到闽江，流进大海……

逝者如斯夫，不舍昼夜！我们的骄傲流到哪里去了？留给我们的，难道只有西装领带？难道只有贤妻娇女？难道只是酒绿灯红？唉唉，宾馆里精巧的酒杯盛的味美思也不如那一碗一碗的米酒来得香！花，什么花？在福州，朋友送我的是矫揉造作的羽毛花，卖弄风骚的塑料花，花市上卖的则一律是“昙花”，三下两下，就一脸皱纹，成了花老太婆！哪里去了呢，那野菊花？那樟子花？那杜鹃花？那用我们的汗水浇出来的油菜花？

我们的骄傲？可不，这水库不是我们设计的吗？这电站不是我们建设的吗？这埂溪上的水泥桥代替了独木桥，还有那轰轰烈烈的改河工程……这不都是我们的骄傲吗？对了，因为来了我们，山沟沟里的农民们才学会了炸猪油。原先，他们总是把猪肉煮熟，放在盐缸里，煮菜时，夹出来，在锅里转两转，挤出几滴油又放起来。夏天，那肥猪肉生绿、发臭，还照样煮菜——当农民吃了我们炸的猪油时，啧啧赞叹：呀，真香！是呀，真香！谁能否认又谁能否认得了，正是千千万万的知青把城市的文明带到乡村，这不都是我们的骄傲吗？只不过这微不足道的骄傲被一片诅咒所淹没，似乎就真的不值得骄傲了！

诅咒自己骄傲的人呀，还以此为骄傲！

……

离开知青点，我沿着小火车路向高山走去。那重峦叠嶂的山岭，好像溶进苍天一样，真高！

那年，我们丢下背包，还来不及擦把汗，就抱着榕树苗，来到这山上。我们七人怀着无限的虔诚，庄严地举起了右手，发誓要扎根农村干一辈子革命，种下了这七棵扎根树！我们当时个个虎着脸，是怎样的一本正经呀，似乎那不是种树，而是进行一次伟大的奠基礼！

扎根树活了，福州的小榕树扎根在这闽北的高山上了。过了三年还是五年？也就是为了建那座桥吧，说起来太平常了，一点儿也不悲壮：搞爆破，出了哑炮，你上去了，结果轰隆一声……

叶知春！

你躺在我的怀里，眼里噙满了眼泪。啊，你还年轻，你是多么留恋生命啊！一个人，只有到了生命之火就要熄灭时，才会想到，生，是那么宝贵！你用手指了指那小山坡，我们晓得，你是说，把你埋在扎根树前，你怕寂寞。

知春，你好好睡吧。有那扎根树和你做伴，就是我们和你做伴。那呼呼的风，是我们呼唤你的声音；那沙沙的雨，是我们为你而哭泣；哦，那埂溪的叮咚，就当作我们和你叨叨絮语吧……

一个战友，走了，他来到你的坟前献一束野花，砍了自己种下的那棵扎根树……

一个战友，走了，她来到你的坟前献一束野花，砍了自己种下的那棵扎根树……

谁和你做伴呢？那棵小榕树，我砍起来是那么吃力，知春，可我又无法不砍它。

这一天，我抓着你坟头一把干燥的土。我不懂得哭，只见那土被我手掌的汗渗透，团成了团……

知春，我看你来了！

我以为你的坟头已经长满野草，我以为那棵扎根树可能被人砍了当柴烧，我以为……可是，看，谁把这土坟修整一新？谁呢？哦，我们的扎根树，不不，知春的扎根树，你长高啦，你长大了！

突然，我看见树身刻着这么一行歪歪扭扭的字："这里躺着一个献身山区的福州女儿！"

"福州女儿"，他为什么不刻下叶知春的名字？他认识叶知春吗？

不过，总算还有人没忘记你。其实，何止是你呢？高阜大队不是有两个救山火而被烧死了吗？东坑大队不是有一个救小孩而淹死了吗……

我不会哭，知春，你是知道的。我弓下腰，抓起一把土，捏一捏，又张开，望着土，傻想……

我望着面前留下自己多少足迹的大山，这给了我们那么多爱抚和痛苦的大山啊，突然像母亲般崇高起来。方志敏说，我们国土广大，纵横万里，像一个身材魁梧、胸宽背阔的母亲……我想到了青海，我想到了西藏，我想到了祖国的大西北；我想到了开拓美国西部的牛仔，我想到了苏联的“共青城”，我想到了上山下乡运动和这一代的拓荒者……

扎根树，你这孤单单的扎根树！

1980 年 11 月 11 日

姐姐的小橘灯

我心中的小橘灯又亮起来了。姐姐，你在哪里呢?

那一年，我才十九岁，在改河工地上认识了你。你中溜个儿，匀称的身材，浅橘色的上衣，湖蓝色的裤子，两根一点儿也不时髦的辫子，脸上泛着微笑，神态曼妙，清纯朴实。我第一眼就迷上了你！说不上为什么，也许就因为你身上有一股清淡的，令人回味无穷的，像青橄榄一般的味儿。有点玄，是不?

尽管你比我大五岁，但我仍疯狂地向你求爱。你先是直愣愣地看着我，继而苦笑，摇摇头："傻弟弟……唉，傻孩子，你太小了，别这样，我都是为你好……"

是呀，你为我好，你待我真好！从那以后，我一心一意培育我的自尊，天天阴着脸，嘟着嘴，对你不理不睬。而你呢，就当从来没有发生过什么事，帮我洗衣衫、被子……

我第一眼就迷上了你！说不上为什么，也许就因为你身上有一股清淡的，令人回味无穷的，像青橄榄一般的味儿。

憋着一肚子的缱绻之情，终于，我病倒了。

你守护在我的床边，买来了许多橘子，剥开来，一瓣一瓣往我嘴里送。忽然，一颗豆大的有点儿温热的眼泪滴到我的脸上。你慌了，赶忙掏出手帕，为我轻轻擦去。

我想，你心里很苦，对不?

你问我："看过冰心的《小橘灯》吗?"

我点点头，"嗯"了一声。

你拿来桌上的蜡烛油，烛泪一滴一滴淌进橘子皮中，流了很久很久。你撕下手帕的一角，搓了一根灯芯，用发夹莳入尚未凝固的烛油中，点亮了小橘灯。

小橘灯，一颤一颤的，你也抖声道："叫我一声姐，好不?"我蠕动着嘴唇，很费劲地叫了一声："姐——"你牵过我的手，轻轻抚摸着，少顷，忧伤地说："我，走了。"

那一夜，我呆呆凝睇床边的小橘灯，它亮啊亮啊，我眼前一直闪着你，姐姐!

后来我才知道，你身患不治之症。不多久，你走上了不归路。原谅我，姐姐。

如今，小橘灯时常在我心中亮着，我常常想着你的话"为你好……"我也要和你一样，多想着别人，多想着怎么"为你好……"

姐，今天是你的生日，我写了这篇短文，愿你安息。

1981 年 12 月 3 日

古榕渡

这天下午五点三十分，我从三明坐火车到来舟，想从来舟转车去南平。夜里十一点才有火车，间隙三小时有余。于是，我通过陌生的来舟大桥，步行三十分钟，到我插队的王台公社。时间有限，只能逛逛、看看，逛逛古榕渡，看看邹老伯。

我沿着依山傍水的公路走着。富屯溪的水汽夹着几缕土腥味，穿过杉木林的风儿似乎有一股杉木的生甜，而被太阳曝晒后有点臭有点辣的牛粪味，则实实在在勾起了我对知青生活的所有眷恋。

我是来寻旧的吗？

远远地，我已经望得到那古榕渡了。

古榕渡，是王台到来舟一个渡口的名称。顾名思义，这渡口有一株古老的大榕树。是的，这株榕树大约有好几百年的树龄了

这渡口有一株古老的大榕树。是的，这株榕树大约有好几百年的树龄了吧！

吧！远看，仿佛是两株树，实际只一株，只是由于树身大，直径有两三米，叉开来，像倒着的“人”字。古榕老态龙钟，老须纷垂，像是树身下挂着褐色的粗线门帘。岁月沧桑，风雨无情，古榕树心已经中空，树心内正好可以搭一张小床铺，挨着树躯的地方搭了一个避雨亭，还有一间煮饭的小厨房。摆渡的邹老伯和他的老伴儿就住在这树中了。

树里原来只有邹老伯一人住着。邹老伯以前讨饭来到此地，1949 年后，乡政府安排他在这儿摆渡，还给他一间住房。后来，邹老伯发现夜里也不时有人要过河，于是，就钻进榕树中住了下来，在树边搭了个厨房，安闲自在。这么一住就住了二十年。

1960 年，一个逃荒的北方婆娘来到此地，她骨瘦如柴，面黄如蜡。公社书记领着她来到渡口，和邹老伯成了亲。虽是随意点的鸳鸯，却也情投意合，真是缘分。

此后，老两口摆渡、钓鱼、种菜，日子过得美滋滋的。

我插队时，邹老伯已是六十多岁的人了。那时，我被借调到公社文化站，颇空闲。我也喜欢钓鱼，还善喝酒，得空便往古榕渡跑，和邹老伯侃大山，一起钓鱼、喝酒，看富屯溪流水，瞧红太阳落山。久而久之，我们成了忘年交。

我已有将近十年没来，这儿已经荒芜。通往渡口的石阶，从石缝间长出许多野草、杂树，大榕树旁的避雨亭已经倒塌，一条破船斑斑驳驳，底儿朝天地躺在那儿。古榕渡，除了荒凉，还是荒凉。

邹老伯呢？他的老伴呢？

目睹此景，我只好到乡政府找熟人了解邹老伯的下落，也为打发时间。

先前公社通讯员小郭现在已经高升为乡办公室主任了。他见我来，很高兴，又是酒，又是烟，又是茶，我们边吃边叙，话题当然是邹老伯了。

小郭说："你走后第三年，邹老伯的老伴就病死了。也就在那一年，开始了来舟大桥建设，大约搞了两年吧，通车了。这样，人们自然而然是从桥上来往，而不再坐渡船了，邹老伯失业了。死了老伴，已经孤独，有了桥，无事可干，更加孤苦了……"

小郭告诉我说，大桥通车那天，邹老伯喝醉了酒。深夜，他踉踉跄跄、醉眼蒙眬地来到桥上。他恼恨这座桥，瞧着桥上的灯，个个像哭肿了的眼睛，愈看愈不是滋味，一时间，酒劲上来，捡起石头，砸破了两个桥灯。很快，他就被治安人员抓了，送到乡政府。

乡里原打算安排他到食堂做点杂务，他不干，硬是守着古榕渡，守着数十年的往事。他荡着空船，在空荡荡的富屯溪中浮荡。一天夜里，他又喝醉了。河对岸的火车徐徐出站，光柱照在富屯溪上，像座金桥。他嚷叫着："桥，我要过桥……"于是，他追着光柱，踏着他的"金桥"，到阴曹地府去了。当时，一架木排正好荡过，放木排的人"扑通扑通"下河救人，就是找寻不到。

沉默。沉默了好一阵子，我辞别了小郭。我要到车站等车去了。当我又一次踏上宽阔的来舟大桥时，我感叹了。这桥，绝对比渡船方便，绝对比渡口气派，绝对是一种进步……尽管我很留恋古榕渡，尽管我无限思念邹老伯和他的老伴儿。

时代进步了，但进步的时代总是让一些将情感滞留在历史中的人感到失落，感到痛苦。比如，邹老伯。

可是，我想，时代是不会因了某些人的痛苦而“返归自然”“返归原始”的。我们的生活在日日进步着。

1989 年 10 月 23 日

“浪打浪”

关于王盛奇的日记二则：

王盛奇的女儿用王盛奇的微信发信息通知，王盛奇去世了！又闻老友骤然离去，我心中有太多感慨！

王盛奇，1955 年生人，离世时年方六十三岁！

他是在我人生关键时刻施以助力的人，是他把我从田间提携到公社文化站，在知青吃工分的时代，我就有了每月三十二元的工资；让我有机会接触全公社的干部职工和各大队的农民，让我与全公社的知青打成一片；最重要的，我获得了两年的读书时间，博览群书，为以后的工作打下坚实的基础……返城后，我们多年才见一面。我常想，待我退休时，我定要好好重温我们的芳华岁月。唉唉，王盛奇，你太不够朋友，这样说走就走！

王盛奇，我要到南平为你送行。

今夜暴风骤雨，是老天为早逝的生命痛哭、哀号。王盛奇，我曾经的难兄难弟，我们那富屯溪的水在流淌，我们的友谊以及我们对你的思念川流不息……

王盛奇，盛奇兄，你5月1日上午还在微信里为我点赞，祝我劳动节快乐啊！我不知道你家的电话，只能打你的手机，可是，手机已经关机了。

打往阴间的号码是多少呢？我问老天，老天在下雨。

2018年5月2日

上午五点多即醒，我怕睡过头。邹际平来，我们同往王盛奇家。今天参加追悼会的有八百多人，多是学生，还有跳舞的那些中老年妇女。这是我这几年来看到的最盛大的追悼会。主持人请了电视台的播音员、南平舞蹈家协会主席致辞。王的女婿答谢，声泪俱下。王盛奇创办的一个合唱团唱《怀念战友》，改词为《怀念老师》。在这样的场合，合唱《怀念战友》，应是悲壮的。盛奇身边摆满鲜花，这一点是好的，我死后，也应摆放鲜花，不要纸花，不要假花。屋里有一百多面花圈，有幼儿园送的，有高校送的。也算享了哀荣吧。王盛奇的生与死，皆如夏花之灿烂。

去火葬场路上，我是坐南平三中原校长石老师的车去

王盛奇，我曾经的难兄难弟，我们那富屯溪的水在流淌，我们的友谊以及我们对你的思念川流不息……

的，他与王盛奇住楼上楼下。盛奇本死不了，此前，他已经两三次小中风，小中风是大中风的前兆；此外，血压高达一百八十至两百二，他只坚持吃中药和跳舞，他认为他天天跳舞，绝无问题。世上如果没有中药，只有西药，千千万万王盛奇这样的人或可免于一死。血压如此之高，不吃西药，这不是找死吗？石校长说，他给王盛奇买过西药，王坚拒。

王盛奇任性，他患糖尿病，但最爱吃红烧猪脚，一吃一大碗；爱吃荔枝，一吃一大箩。不过，生死由命，也可随性，开口便吃，死了拉倒。

死前的上午，他对他外甥说："我可以陪你到八十岁。"

那天晚上回家，他觉得头痛，他想洗洗热水澡就好了。冲了热水澡，在沙发上剪指甲，修剪完毕，躺下，就走了。王盛奇是个干净的人，把自己收拾得干干净净地走了。

2018 年 5 月 5 日

1997 年，我曾经以王盛奇为原型，写过一篇叫《"浪打浪"》的文章，今天重读，格外亲切。此文百分之八十的内容是关于王盛奇的，百分之二十的素材来自公社宣传队的另一个女性朋友。我把王盛奇的名字改成"王奇志"。至于为什么要将其写成一个女性呢？还不便告诉读者。但是，与王盛奇走得很近的人，应该能体会到我的用心。我要声明的是，"王奇志"是王盛奇但非完全的王盛奇。

盛奇生前读过《“浪打浪”》，读罢，他拧着我的脸道：“叫你浪！叫你浪！”然后哈哈大笑。

要去插队了，我莫名其妙地认识了“浪打浪”。

那一天，南平市召开欢送新一批知青上山下乡的大会，各个单位都有代表来。我当时是南平三中的“红卫兵团长”，代表我们这一届的毕业生读誓词。我记得，我穿军裤，裤脚卷了起来，上着蓝白相间的海军服，赤着脚，咚咚咚地跑上了台，慷慨激昂地陈词一番——这里要说明的是，就像我中学时期一律理平头一样，我在相当长的时间里都是打赤脚，那天，我绝不是为了大会发言而故意出风头。

不过，我毕竟客观上出了风头。据说，我的形象给不少人留下了深刻的印象，有的有好感，有的觉得好笑，有的也许会感到恶心吧？

散会了。在会场门口，一个看上去二十来岁的姑娘大大落落地笑着对我说：“欢迎你到王台来！”

她就是对我的“出风头”产生了印象的人？

我看着她，似乎耳朵有点发烫，脸上的表情写着：我不认识你呀！嘴上问了一句：“你是谁？”

“我是我呀！”她咯咯地笑了，“我也是王台的知青。我在公社文化站，是公社宣传队的。”

我心想，哼，跳舞婆！脸绷得更紧了。十六岁少年青春期的自尊，全被调动起来，聚到了脸上。我没有表情地应了一声：“哦。”说罢，就要往前走。

她看我脸上的表情如此隆重，益发觉得有趣：“哎，小弟弟，在台上大喊大叫，看见大姐姐就吓得说不出话来啦？我叫王奇志，到王台，来找我呀！”

我想，这名字当然出于“中华儿女多奇志，不爱红装爱武装”。爱武装，还当跳舞婆？

我不理她，赤着脚“咚咚咚”地走了。今天想来，我当时心里应是高兴的，“大姐姐”这个词倒不坏，潜意识里有一丝甜甜的感觉。可是，哪一个青春期的男子不是在“反抗女人”呢？我别无选择。

在我的身后，她是在摇头还是在苦笑？我不知道。

下乡后，我没有去找王奇志。我是何等的一条汉子，怎么可能去找一个娘们，还是去“藏污纳垢”的“衙门”？不可思议，简直不可思议！

第二年的春节前夕，市里来了知青慰问团，公社召集知青开大会，有肉吃，有电影看，有公社宣传队表演“精彩的节目”，折腾完了，还有专车送我们回家过年——这大约是1977年1月的事吧。那一天，我才又一次“瞻仰”了王奇志的“光辉形象”。

她主持节目，也表演节目。那水平，今天想来，啧啧，简直就是当年的倪萍了！她跑上台，站到话筒前，捏着腔道："战天斗地的知青战友们，下一个节目……"题目她给忘了，做了一个鬼脸，傻笑着往幕后跑，很快又拿着一张纸片出来了，"下一个节目：诗朗诵——《美丽的富屯溪》。"

富屯溪贯穿王台，是王台的"母亲河"。作为知青，有将近三年的时间，富屯溪的水流过我的心间，冷却着我的热燥，清澈着我的心灵……

当时，我感受到了她那洪亮的声音和饱满的情绪。在台下，我目不转睛地直愣愣地盯着王奇志瞅，我要瞅个够。谁叫她当跳舞婆呢？跳舞婆就是让人看的，不看白不看。我有一个发现，她的脸固然不算难看，但她的牙齿却很特别，上排牙当中的两位守门员，似乎不安心本职工作，要往外冲，暴暴的。

她开始唱歌了，唱刚刚开禁的歌曲《洪湖水浪打浪》。天哪，世界上竟有这样美妙的歌曲！听惯了"东风吹，战鼓擂，现在世界上究竟谁怕谁"的知青们，一律沉浸到了《洪湖水浪打浪》中。

演出结束了。

傍晚，我们洋坑的五六个知青，一个搭着一个的肩膀，一排横在王台的马路上，忽而颠左，忽而倾右——这是我们特有的溜达方式。

这时，王奇志从前面走来，她的手上提着一个铁桶。周示平说："哎，你们看，唱'浪打浪'的那个小骚包来了。"

吕思秀说："我喊一二三，我们一起叫'浪打浪'！"于是，随着"一二三"，几个知青齐声高喊："浪——打——浪！"

王奇志并无反感，脸红红的，停下来笑笑地欣赏着我们的"溜达"。

我们越喊越起劲了："浪打浪！浪打浪！浪打浪！"

突然，她发现了我："哎，是你，红卫兵团长，过来过来！"

大家不再勾肩搭背了，都看着我。"原来还有这一套！"周示平说，"搞起地下活动了，厉害！"我很尴尬，很想跟哥们儿一起走掉，不理她。谁知，哥们儿都背叛了我，他们推推搡搡，把我推到了王奇志面前，然后一哄而散了。

以后知青见到王奇志，都喊她"浪打浪"。她和这首歌一样，长了翅膀，成了王台的名人。

"小老弟，"这时，她这么称呼我，"怎么没来找我呀？"

我答非所问："你提着一桶饭汤干什么呀？"她的铁桶里装的都是饭汤。

她说："出春节专刊呀，到农民家里要的。"

后来，我也到了公社文化站，也出过专刊。稿件抄好后，我就是这样提着桶，到家家户户去讨一点饭汤，将抄好的东西用饭汤贴到墙上。

那天，她邀我到公社，帮她贴专刊。她搬来梯子，让我往上爬。贴好专刊后，我头上身上都是饭汤，黏糊糊的。

这以后，要出专刊了，她常叫我写稿件，给我开工分。写稿件开工分，这叫“吃软工”。不久，公社来了新书记，搞了一个改河工程，把一条原先弯弯曲曲的河给改平直，各个大队都派出了民工，公社成立了改河工程指挥部。“浪打浪”推荐我到指挥部工作，负责编发《改河工地战报》。知青们说我被她收买了，中了“美人计”。自然，我说了不少申辩的话，表明我和她一是一、二是二，大约还骂了几句她的龅牙。

不久，恢复了高考。“浪打浪”报考了福建师范大学艺术系，一考即中，她要走了。她向领导推荐，让我接她的班，到公社文化站工作。全公社那么多知青，要挤到公社文化站是多么不容易！外面曾有传说，“浪打浪”到公社，是被某副书记看上，和他上了床云云。这是我以后才听到的，而且传得很盛。到底有没有这回事呢？只有天知道！知青里，这一类事甚多，倘真有，就像时下一个广告所说的，“没有什么大不了的”。然而，我凭直觉认为，是没有的，这不是我心目中的“浪打浪”。

“浪打浪”以后的公社文化站，工作重心由组织宣传队转移到了搞宣传报道，出简报。公社机关有个小图书馆，也是我负责。我在文化站两年有余，除了写写广播稿，出出专刊，就是陪头头下乡检查工作。所谓陪，就是跟着到处喝酒，如此而已。平时，我有很多的时间，利用那两年，我读了很多的书。我今天能应付手头上的文字工作，与那两年的读书是分不开的。每念及此，我都由衷感激王奇志，我的耳旁也会响起《洪湖水浪打浪》那从龅牙内流出的歌声。

一天，我下乡回来，打开门，吓了一跳。我的床上居然躺着一个女人，她背朝着我。这小蟊贼，她怎么进来的？我走近一瞧，啊，是“浪打浪”。她走的时候“私藏”了公社文化站的钥匙。她闭着眼，也不知睡没睡。我爹着胆打量了她一下，哦，脸变得更加白嫩了，衣服也洋里洋气的，颜色花哨；侧着身，丰乳肥臀，出其类而拔其萃，身上的曲线着实像海岸线那样起伏而有韵致……如此感觉一番，我心跳骤然加快，赶紧把所有的窗门打开，用一张凳子顶住门，不让门关上，把一切都暴露在光天化日之下。

她坐起来了：“干什么呀，鬼鬼祟祟的！”

我打趣道：“打开天窗说亮话，这是光明正大。”

“那我倒是搞阴谋诡计了？我走了这么久，怎么也没见你长大？”沉默了一会儿，她换了一个话题，“最近，还打赤脚吗？”

“打赤脚可以节省买鞋的钱嘛。”我说。突然，我有了一个新发现：“嗨嗨，你的龅牙怎么不见了？”

她白了我一眼，一字一顿道：“要演出，不好看，拔掉了，又补上。”出口成章，像念《三字经》一样。

这回，她是回公社弄一点杉木的，她的老师要做家具。

我和她一起到溪后大队，向农民买了一些上好的杉木，用车运到南平，又在南平火柴厂找了一个同学，将杉木跟火柴搭在一起，用船运到了福州。

临行前，“浪打浪”帮我搞了一番卫生，把我的被子洗了。缝被子的时候，她指着被子上的“地图”，声音喑哑，神秘兮兮地说：“这是什么东西，怎么就洗不掉呀？”

若是在蹚过女人河的今天，听到这样的话，我可以严正地告诉她，哪里是澳大利亚，哪里是美国。可当初，我惶恐极了，头一回对她产生了反感：这骚货，难道真的和那个副书记上了床？

我什么也不说，她吃吃地笑了。

她不龅的门牙显得矫揉造作，她带着闷骚的笑让我憋闷。此后，我们见面的机会更少了。

二十世纪八十年代的第一个春天，我回到了福州，住在南公园的外婆家。那天，“浪打浪”带了五六个艺术系的同学到我外婆家。外婆搞了一桌酒菜，请各位尽兴。巧的是，那天有一家邻居娶媳妇，正在闹新房。几杯酒下肚，一股冲动上来，“浪打浪”他们此起彼伏，唱着洋歌、土歌。艺术系的歌声，当然比新郎新娘的歌声要美妙动听。结果，邻家闹新房的人都被吸引到这边，听“浪打浪”他们的“鬼哭狼嚎”。新郎的母亲很生气，把我叫出来，责怪说，人家结婚，你们怎么来扫兴呀！我把这话转告了“浪打浪”，她身边的一个“白马王子”却更来劲了：“就要唱，就要唱，我们来个小合唱！”半醉不醉的，特别兴奋。接着他们唱起了“大刀向鬼子们的头上砍去”！

我被他们的大刀砍得头痛欲裂。

这些宝贝疙瘩走后，我赶紧向新郎的母亲赔不是。我说，他们是艺术系的，都是这样疯疯癫癫。为了证明，我还举例说，昨天，在路上，“浪打浪”与那个“白马王子”打赌，她如果敢沿马路跳舞，他就请客。于是，她从长途汽车站跳舞跳到了南公园，足有两公里的路程。

新郎的母亲说：“神经病！”

新郎则笑道：“很好呀，为我们解围了。”

先前，“浪打浪”在王台的时候，似乎没有这么疯，进艺术系，就会让人变疯吗?

如此又过了五年，我们不曾往来。“浪打浪”毕业后，回到南平的某中学任教。她与“白马王子”结婚。“白马王子”被分配到市文化馆。

虽然“浪打浪”有不少让我讨厌的地方，但每每回忆插队的日子，我都会想起她的种种好。1985年底，我到南平采访沙溪口电站的建设情况（那时，我已调到一家综合性的杂志当编辑、记者），晚上，我到“浪打浪”的学校找她。她正在开党员生活会，叫我等一等。我一等，就是个把小时。会散了，她叫我到她家坐坐，表情淡淡的，古怪得很。“你现在是记者了，名人呀！还记得来看我们？！”那时，记者还不像现在这样泛滥成灾，还有一点大姑娘的神秘感。我说：“我是什么货色，你还不知道？我这是什么破记者呀，混饭吃的。”我假装很随意，用轻飘飘的语气自贬着。

到了她家，我见到她家里“彩旗飘飘”，她的女儿还不满一岁，满房间都是尿布。她从小保姆手上抱过小公主。她不叫我坐，也不给茶喝，对她的孩子说：“哦哦，叫叔叔。小宝贝还叫不出来哟，人家可是大记者哟……”这时，她女儿哭了，她哄着说：“别哭别哭，哭得这么难听，以后被人家写进了文章里，那可不好看。哦哦，哦哦，别哭别哭……”

似乎我们之间有了很大的距离，变得十分陌生了。是的，眼前的“浪打浪”与先前也判若两人了。她是党员了，那肯定不疯了；她是那么臃肿，再不像海岸线了，而像塞外的一堆沙包。我觉得甚是没趣。我问：“当家人呢？”她没表情地答：“嫌小孩烦，住到办公室去了。你们男人，都是要干事业的嘛，成名成家嘛……哦哦，多本事呀！我们丫丫也是小傻帽，长大了只要在家里扫地和煮饭……”

我终于明白了，一个女人当了母亲，她与外界的对话，都可以通过她和她孩子的对话，七拐八弯地表述出来。

“流打浪”怎么也成了“弯弯绕”了？

回招待所的路上，冷风砭骨，四野阒然，我心中平添了几分寒意。

此后至今，我们再无见面。听南平来的朋友说，“白马王子”对她不好，常揍她，似乎是因为她在王台与某副书记的暧昧关系“说不清楚”。“白马王子”常在外面寻花问柳，不管家，花得很。

我的耳边已不常响起“浪打浪”的旋律了。这一两年，孙悦的《祝你平安》唱得很红火，不知怎么搞的，一听到这首歌，我就会想起“浪打浪”，想起我们最后一次不是滋味的见面。

“浪打浪”，我插队时的朋友，你的心情现在好吗？你的脸上还有微笑吗？

亲爱的朋友，祝你平安！

1997 年 9 月 9 日

第二辑

“十二月的苦寒草”

林敬华匆匆死了，从生病到死亡，也就十几二十天，死得如此之匆忙，用福州话说叫“赶去死”。

敬华因患小儿麻痹症，落下残疾，是一个瘸子。这些年，他的步伐比以往还要徐缓许多，走路慢慢吞吞的。朋友聚会，多是陈奇、崇洪等细心人陪着他或扶着他到餐馆。可是，往黄泉路，你却急什么啊，急什么啊，走得这么义无反顾！老兄，何必这么匆忙呢？你就不能死得从容一点吗？我们往来三十多年，你就不能留点时间和我们探讨探讨死亡等等的话题吗？

三十多年都有往来的朋友，一生中不会太多。他说走就走，我是不是应该为他留下一点文字？

工作实在很忙，也很久不曾写文章了，稍有闲暇，我就会想起敬华，就会在电脑前断断续续地敲几行字。翻阅日记，关于敬华的有大几十条，许多内容是记他的金刚怒目状，是他像焦大一样发飙的言行，还不好写进这篇文章。不过，在敲这篇文章的过程中，往事历历，旧友依稀，我时不时有正在与敬华小酌之感。就算与他这个匆匆过客话话家常吧，我得写下去。

林敬华是喜爱诗歌的业余作者，一生大约写了几十首诗，但绝大部分不曾发表。我在这篇文章中要引用一些他的诗歌，除了内容需要外，也想借此机会，让敬华的诗能够“面世”。这些诗，都经过诗人、诗歌理论家沈用大先生精心修改。

当年，他的那首《我的诗》洋溢着怎样的激情啊——

从翠叶上摇落几滴玉露
从鲜花上采下几点琼浆
我写诗　用带着朝气的芳醇

从少女眼睛里汲取清澈的秋水
从小伙子五指峰上蘸来晶莹的雾珠
我写诗　用带着青春的欢泉

从黄河舀一勺亲切的激流
从闽江掬一捧故乡的芬馨
我写诗　用带着母亲慈爱的温存

从血管里流出殷红的热血
从心灵中抽出天青色的情愫
我写诗　用带着全部爱的纯真

我厌弃患水肿病的冗长　以及
像老太婆一样干瘪的“精练”
我愿我的诗　像晨花样水灵　少女样丰润

在这充满矛盾的星球上
我愿　我愿我的诗呵
给少年更大的振奋　让老人重感青春

翠叶鲜花、玉露琼浆、花样的水灵、少女般的丰润……不难读出作者的热烈与躁动。渴望激情！诗化的生活开始了！林敬华与残疾作家王志冲、史铁生一样，写作是他生命的一部分，他是沾着自己的热血在热烈地歌吟。

二十世纪八十年代初，“文革”的狂躁还余音缭绕，能写出这样富有个性色彩、澎湃着生命激情的诗，似不多见。

说起林敬华，还得介绍一下“五香豆”这一文学兴趣小组。这是由“业大”“电大”，还有参加自学考试的同学组成的一个文学小社团。

当年，整个中国遍地是文学发烧友，文学兴趣小组也如雨后春笋一般破土而出。如果我的记忆没有错的话，“五香豆”这一文学团体就是在林敬华的倡导下，由沈用大、陈祥荣加盟，率先发起的。为什么叫“五香豆”？他们搬来一部字典，随便翻，翻到什么是什么。结果翻出一个“五”字，就选择了“五香豆”。由于林敬华在文学上的执着，抑或诗歌方面的成绩？他成了“五香豆”最早的“领袖”（“豆友”们戏称“豆长”）。就是说，我们这些健全的人都是在林敬华这个瘸子的“领导”下，磕磕碰碰、一步一瘸地进行“艺术的探寻”。

“五香豆”兴盛时，有大几十号人，有诗歌组、小说组、理论组，简直成了福州的“创造社”或“太阳社”了。“五香豆”的活动形式是“半月谈，双月刊”，就是半个月在一起聚谈一次。林敬华祖上留下房子，空间比较大，我记忆中早期的活动经常安排在他家，谈的倒都是文学问题。“双月刊”嘛，就是两个月出一期手刻的油印杂志。当年，我给《五香豆》投了好几篇稿，也只被采用了一篇三四千字的所谓小说《走出小屋子》，可见《五香豆》还是有一定门槛的。我想，有几十号人围着瘸子林敬华转，这应该是他一生最为辉煌的时刻。

林敬华上的是业大，统考时，他的作文《我的路》在数百名同学中脱颖而出，夺得头彩。因此，他当年成了业大的名人，这也激发了他读书的热情与信心。虽然行动不便，他却风雨无阻，从不翘课。我们的朋友张晶，是后来省经贸委外资管理处的处长，圈中人官做得最大的，他当时每晚用自行车载着林敬华去上学。风雨中，一辆破旧的自行车，载着一个残疾人。林敬华像握着一杆枪一样，握着他的拐杖。如此，我看到了林敬华的坚忍，看到了印象中与“黑矮宋江”有一点像的张晶，也有“及时雨”一样的乐善好施。

如果说我与林敬华有什么特殊关系的话，那得谈到我后来调到《生活·创造》杂志社工作的事。这家杂志社当年办了一份报纸叫《月老报》，是一张关于婚姻、恋爱与家庭方面的报纸，主旨是解决当年“大男大女”婚姻问题。林敬华属大男，又是残疾人，婚姻成了问题。我记得他似乎在《月老报》副刊上发表过诗歌，同时呢，还为自己做了一则征婚启事。这征婚启事附有相片，相片是沈用大、朱于波他们陪他到福州西湖拍的，拍得很气派，看上去很美，不仅不显残疾，还有一点高仓健似的冷峻，酷酷的。你想啊，在全国沉浸在文学的岁月里，一个残疾人，写着这么有才情的诗歌，这让人想起保尔·柯察金，爱上这样的人，应该是非常美丽、极为浪漫的事！据说，他收到了大几十封来信，有两三个姑娘从遥远的地方跑到福州，要与他一起开启浪漫的旅程。

他的诗，有这段经历的影子：

命运　把我推往深浓的夜
在厚重的云层间　月亮
突然向我露出皎洁的笑靥

但又飞快地逝去　像闪电

……

深夜　深浓的夜呵

我孤独　孤独地徘徊

这首叫《给》的诗，写了一个深夜无眠者的孤独、徘徊，皎洁的月亮向他微笑，若隐若现。月亮是什么呢？高长虹笔下的月亮据说是心仪的许广平。林敬华的月亮来去匆匆，突然露出皎洁的笑靥但又飞快地逝去，是不是暗示着异地寻梦而来的若干女孩，匆匆来了又匆匆走了？个中况味，也只有林敬华知道了。

另一首《梦游者》，记录了他情感的挫折经历——

她手中拿着一朵

刚刚开放的玫瑰花

沿着海边小路

无言地走着　唱着

双手

无意地搓着　揉着

身后

留下星星点点

血样的碎末

那是我的心呀

天哪

不难看出，对某某人，林敬华是很上心的，抑或动了真情。那女子千里奔袭，应该也是为爱而来。生活可不是朦胧诗，当距离接近时，刚刚开放的玫瑰，成了“血样的碎末”。那一声惊呼“那是我的心呀”，显露出因残疾、因热爱文学而善感的心被伤害了。“天哪”二字，可以看出，比起常人遭此境遇，他有了更深重的绝望。

我的印象中，在那段不长不短的时间里，一个好姑娘走了，又一个好姑娘来了。其中有一个二十岁不到的小姑娘极为上心，他们写了不少“两地书”，这在他的诗中也留下了痕迹。这首名为《信》的诗写道：

秋天

我在半黄的叶间

寻找

春的色调

我既不想用

春天采来的嫩叶去骗你

也不想以早衰的枯枝

纠缠你

清晨
我走出家门
要把装有九月小阳春的信
投入邮筒

这首诗提示收信人种种的，甚至丑陋的真实。这说明，他不想虚饰什么。虚假的美丽，就像塑料花一样丑陋；丑陋，因为真实变得美丽起来。恋爱中的女人，看他胸前的饭粒也如同看一朵白玫瑰，更遑论其他？远隔万水千山，他们的心灵的电流却对接上了：

一声轻轻的呼唤
将我从凄寂中惊醒
循声窥探　灯火阑珊处
一位姑娘招手频频
怎能相信　一株小玉兰
愿在残损的枯枝上成荫
一盒三寸长的磁带
传送意识流动的声音

保险闸中两根金属丝
一根是你
一根是我
那激荡的电流
每一下脉动
都带着爱的神秘
整个世界充满光明
只为我们并肩挺立

诗歌是一件华丽的外衣，遮住他那已经崭露的残缺与丑陋。二十岁不到的小姑娘飞蛾扑火一般地奔向光明，投入“保尔”的怀抱。他们结婚了。这真是命运对林敬华的垂青，这真是上苍对林敬华的怜惜！

生活是赤裸裸的。油盐酱醋，谁能逃脱？生活的琐碎脱去了林敬华华丽的诗歌裹着的外衣，袒露了他残疾的肢体与灵魂。

大约由于生计所迫吧，林敬华卖了祖居，他想用这些钱买小一些的房子，将剩下的钱用作贴补家用。

在他还未买新房时，我们当年的朋友林登豪让出自己在三坊七巷的房子，借给林敬华小夫妻住。我估计他连房租也没有收吧。那是在二楼的老式房子，比较宽敞，住起来还蛮舒心的。把房子借给无房之人，与张晶用自行车天天载着他去上学一样，今天或不多见？过去的岁月已经遥远，如今这样温情的细节怕也无处找寻了。

二十世纪九十年代，文学的中国进入了商品的中国，由激情燃烧的时代，进入了“野蛮的物质主义时代”。林敬华的诗也多了烦忧，他写道：“希望是悲哀的孪生姐妹，如果希望死去，埋入地下，她的姐妹马上便来接替。”敬华曾经充满希望的生活，也由“悲哀的姐妹”来接替了。

不多久，我听说敬华与他的小媳妇不时磕磕碰碰。当时，敬华在一家街道五金厂做钳工。敬华出去干活，年轻的妻子在家。妻子太年轻，他残疾，因沧桑而太过苍老，形容也丑陋。如此，若说他心理没有一点残疾，似乎也不现实。我们可以想象，他是多了一些“想象”的。他常常上班上一半，思想就跑马，仿佛家里的娇妻在演绎一个故事。本来，他那木拐杖，笃笃橐橐的，走起路来雄赳赳，气昂昂，有模有样，有声有色。那些日子，他将他的拐杖钉上了橡胶之类隔音的东西，像鬼子进村一样，悄无声息地回来，幽灵似的飘到了二楼。更多的时候，小妻子无事，在泡电视。若偶尔不见小妻子，他们就免不了一阵乱吵。据说，有一两回，有男性朋友造访，林敬华不问青红皂白，闹腾起来。客人走了，他还家暴，小妻子被揍得鼻青脸肿。有一回，我到他家，看见小媳妇眼眶青紫，自然问问。小媳妇笑道：“没事，跌了一跤……”敬华却坦率：“什么跌了一跤，是被我打的！”他还瞪了小媳妇一眼。多少年以后，我读萧红，才知道萧红也被萧军揍过，在朋友面前也说是跌的，萧军的回答与敬华一模一样。呵呵，生活竟是如此巧合，敬华还非常的萧军哩！

生活是赤裸裸的。油盐酱醋，谁能逃脱？

就像萧红离开萧军一样，小妻子离开了敬华，回到西部去了。

敬华在诗中写道，“许是电工失误，许是电器病变，保险闸中两根丝，突然断了一边”，于是，“整个欢欣的城市，浸入冷冷的黑暗间”——

刚找着个避风的小岸
却又被泥石流淹没
一千卷幻想的底片
曝光在完成后的时刻
浪迹天涯的小船
依旧四方漂泊
被人戏弄过的心
比没有被爱更加苦涩

与“电工”关系不大，似乎是“电器病变”，林敬华跌入黑暗。

没有爱，或许还有憧憬。有了爱，又昙花般凋零，林敬华体会到了“比没有被爱更加苦涩”的况味。

失去小妻子前后，林敬华内心波涛汹涌，他甚至有了非理性的若隐若现的“恨”。在《静静的回忆》一诗中，他写道——

天旋地转的狂风
震天撼地的巨雷
那是你对爱的表白
八千里路来去
快得像闪电
那是你对
自己的宣言的行为

狂热的夏季过后
随之而来的是秋冬
信誓旦旦的一切
顷刻消失得与你来时一样快
你的脸上积起皑皑白雪
呵一口气是一阵寒潮
房内的空气都为之凝结
假如在那张纸上签字
能使你感到解脱
你大胆说吧
不必半抱琵琶

残疾人自有自己的顽强
虽然你用冰雹

狠砸我心中的瓦房
还有闲人眼中轻蔑的箭
口中犀利的刀
三十多个冬季早把我
冻成一根耐冬藤
又何在乎
加上你这一击

说是“静静的回忆”，事实上他的内心一点也不平静，甚至可以说，他在为自己的“闪婚”高唱挽歌的同时，也正在酝酿着海啸。“残疾人自有自己的顽强”，不难看出，他调动自己所有的自尊在反抗绝望；“又何在乎 / 加上你这一击”，这种暴烈的言语，是他自尊的呐喊似的宣示。此时，也只有自尊才能支撑他那残缺的备受打击的肢体！

爱是需要学习的。今天想来，他的“变态”，或许正是因为他对这份爱格外珍惜？他害怕失去，所以有了种种反常的举动？然而，人生有种种的遗憾和不可挽回，该失去的还是失去了。这是命。

过了几年？我也记不清了，敬华再婚了，小妻子也改嫁了，据说嫁得不错，嫁给一个军官。又过了二十多年吧，当敬华的孩子已经长大成人后，我听说这个小妻子给沈用大来过电话，仿佛日子过得并不如意，有回到敬华身边的意思，有来探视敬华的意思。她留下电话号码，意思是，如果敬华有意，可以与之续上。续上什么呢，友谊吧？唉，这小女子，青春之花在敬华这里绽放，又在敬华这里枯萎。虽然，来年还有花开时。敬华接过写着电话号码的条子，一眼也不看，将其卷成香烟状，划了一根火柴，烧了。他面无表情，无语。

……

林敬华是我见到的所有残疾人中最为好学不倦的一个。他去世前的住所，杂乱无章，阴森可怖。然而，他的床头是书架，床边是书架，他简直就是睡在书堆中。我敢说，他的书比“五香豆”中许多人要多得多。而且，他的书多破损得厉害，这也可见他是真读书了。不像我，书虽多，绝大部分是没有读的。他成为“五香豆”最早的“领袖”，应该是当之无愧的。“五香豆”也成了他人生的重要寄托。他死了，除了几个亲戚外，就全是“五香豆”的“豆友”为之送行。倘没有“五香豆”，他这一生该是更加的落寞吧！

晚年的敬华，形象委琐，深陷的眼睛满是疑问，灰黑的脸上刻着沧桑，衣服领子有油垢，穿的背心，从后面看如同渔网……说他像《巴黎圣母院》中的敲钟人也不为过。2000年，我办学生刊物的时候，请他开一个图文并茂的栏目“二黑学法”，就是通过一些故事，向孩子普及一些他们应该知道的法律常识，让孩子打小晓得自我保护。当时，有编辑问我林敬华是干什么的。那时，街道五金厂已经关闭了，敬华自然下岗了。我怕编辑因为他是个无业的残疾人而怠慢他，编造说："他是一个小学的校长，是这方面的行家。"后来，编辑都称他"老师"。有的责编想与他沟通，提一些修改意见。我怕他们见了敬华，见他竟如敲钟人一般，会损坏"校长"的形象，便让编辑直接与我探讨，细节问题我都帮助解决了。如此塑造敬华，潜意识深处我是出于什么心态呢？我也吃不透。

敬华乐此不疲，研究了《中华人民共和国未成年人保护法》等与孩子有关的法律，连续开了几年的专栏。这个专栏很受孩子欢迎，后来，还以这个栏目为名结集出版了一本书《二黑学法》。我们的刊物发行大几十万册，"二黑"这个形象在许多孩子的心中留下了印记。我对敬华开玩笑说，二黑是三毛的弟弟哈。他像孩子一样天真地笑了："二黑就像我的孩子一样。"虽然是通俗读物，虽然是小册子，但这是林敬华一生唯一的著作了。我手上已经没有样书，不知其他朋友手上可有？

敬华下岗后，他老婆天天在麻将桌上蹉跎，孩子还小，他一个吃低保的人，如何养家糊口？敬华每天晚上七八点，就开着他残疾人专用的"破车"到街上拉客，多时赚百把块，少时也有五六十元。按国家规定，残疾人的车是不能跑运营的，敬华的车多次被城管没收了，但最终，见他是一个残疾人，没有生活来源，这种事都是不了了之。有一次，他的车又被逮了，他高举拐棍，高喊："我是瘸子！"城管只能作罢。

这些只是我们所知道的。我们可以想象，夜幕下，他开着破车，像老鼠一样，在这个灯红酒绿的城市鼠窜，个中会有多少的辛酸与悲愤！

林敬华是激愤的。他的诗有时也有了社会批判的锋芒。有一首叫《海水》的诗写道：

海水埋怨乌云
挡住了阳光
可当它变成蒸汽
升到天空
立即
与乌云为伴

这是一种暗喻，短短几句，勾勒出了某种类型人物的嘴脸。

作为残疾人，他有他自己的特别观感。他曾说起，马路上搞了很多盲道，可是，有几个盲人在马路上走？有的路原本好好的，被“开膛剖腹”后，又搞得不清不楚，结果变成坑坑洼洼的，生生糟蹋了原来的好路。有的盲道，直通电线杆或一堵墙。盲人要是这么走，那肯定要碰得鼻青脸肿的。谁关心过盲人和他这样的残疾人的生活？如果把他们的低保提高一些，不是比搞这些胡里花哨的要好吗？其实，他们是想打着为残疾人着想的旗号，大捞一把。否则，怎么让盲道直通电线杆呢？有的盲道深陷下去了，盲人如果沿着盲道走，肯定要跌跤的，怎么没人管呢？

对于敬华的话，我是深有同感的。纽约的人行道，都是水泥平铺的，因为是二十世纪五十年代做的，所以没有盲道，好好的路面，他们就没有重新剖开，用了五六十年的人行道了，还是完好如初。伦敦的人行道，是鹅卵石铺就的，也没像中国这样道路先进，这样关怀盲人的行走。

我想，林敬华是很容易通向鲁迅的。他因苦难而激愤，只有激愤的心才能读懂鲁迅，就像懂几句英语，洒几滴香水，作几首酸诗，盼着嫁给有钱人的“白骨精”很喜欢纠缠林徽因一样。人喜欢什么，选择什么，阅读什么，可以说是命运。

“五香豆”碰到某个关卡，一两年没有活动了。前些日子，一个70后的朋友邀请我参加他们的读书茶叙会，他们认认真真地介绍最近读过的书，谈读书的感想。在物欲横流的今天，在“野蛮的物质主义时代”，他们还有这样的情怀，除了让我感动，也让我想起二十世纪八十年代的“五香豆”，想起那书香萦绕的岁月。我想，“五香豆”中人，时近时远、有亲有疏地走过了三十多年，人生有几个三十年啊！我们真应该珍惜！于是，我想重拾过往岁月，试着振兴“五香豆”。要振兴“五香豆”，似乎就应该多举办一些活动，还要吸收若干新鲜血液。我甚至想，要有一二美女，就像当年林徽因的客厅一样，可以让老男人和不老的男人多一点激情。

2013年上半年，“五香豆”中人孙曼亭的漆器作品获得了金奖，她还被评为“福建省漆艺大师”。何不借此机会，大家聚一聚？6月1日，我提议“五香豆”活动。我邀请了陈震、刘用梅、古坝等人来参加活动，还请了美女来泡茶。本来还有一个爱读书的美女也要来的，临时因故不能来，但说下次一定会来的。

然而，这次的“五香豆”活动似乎并不成功。有人想谈点读书方面的事，我也有心想往这方面引导，可是，活动现场还是像菜市场一样喧闹，各说各话，没有任何新鲜话题。任何新鲜话题也都引不起兴趣，大家在一起，无非是唠嗑，乱扯，吃喝……平时读书的也没有几个人。我终于发现，“五香豆”中人绝大部分已经退休，也老了，大家在一起，是在走“亲戚”，抑或互相取暖。总之，各位仁兄已经没有精力没有兴趣像二十世纪八十年代那样集中探讨一个或一些话题。这样也好。比起前些日子我参加的读书会，这样应该更自由更放松吧。

6月1日的活动，林敬华来了，我在日记中形容他是“骨瘦如柴，垂垂老矣”。同在一座城市，各自西东，我们平时也难得见面。半年一年不见，他怎如此骨感！最不同的是，林敬华带来了他的独生子林森，把他介绍给了“五香豆”的叔叔阿姨。林森呢，穿白衬衫、蓝裤子，着装非常正规，大帅哥一个。他向各位分发了名片，名片显示，他在卖保险。敬华说：“拜托各位哈，有机会多多关照啊！”回味当日情景，还真有“托孤”的况味。也许，他已经预感到了什么？

那天，我开了个马大哈的玩笑：“我们非常欢迎林森哈。林森是‘少豆主’，我看我们选林森当‘豆长’吧！这样，林森就是五香豆的金正恩了。”大家一阵嘻哈。今天想来，这真叫一语成谶，金正恩能主政，前提是金正日逝世了！

也是6月间的事吧，林敬华打电话来，说他跌了一跤，缝了几针。我与几个老“豆友”通了电话 23日下午，我们一行六七人去看林敬华。查当天日记，我日记上记载着，林敬华“看上去气色还好，没有前几天用大、祥荣说的那么恐怖。让他好好养病，病好了尽快搞到廉租房。小聊一会儿养生事”。我记得，我还在现场教他做拍肩操，他也满面笑容。

可是，敬华竟撒手人间。我在7月1日的日记里记载：“中午早早准备吃饭，打算睡个好觉。刚要睡着，林森电话，带着哭腔说他爸走了。林敬华，也走得太快了一点，太突兀了一些！那天见他时，他的状态还好呀，怎么说走就走了呢？打电话给诸位豆友，一同往人民医院。郑立流与郑和为林森安排具体事项，让他去办，他一一记着。曼亭帮助去买镜框等。‘一条龙’见敬华一切省略，爱理不理。从生到死，一切讲钱。可怜林森，刚走进社会，就没了父亲！林敬华的老婆什么都不会，听说连煮饭也不会。她坐在一旁，傻乎乎地说一句：死了一个人还这么麻烦啊！估计她老家贵州那边没这么麻烦。定后天上午火化。无声的落叶，落叶归于无声。”

7月3日，林敬华火化。我在感冒中，人难受。也许因为身体不适，人更容易伤感吧，在太平间见到冰作一团的敬华时，我鼻子发酸，眼睛发潮。

林敬华已经没有自己的房子，这些年，他们一家是租房住的。他不断地卖祖产以维持生计，汲汲水养汲汲鱼，几十年就这么过来了。他从福州的最中心，一直搬到了福州的最边上。按照习俗，他的骨灰不能回租住房，因为那是别人的房子，如果进了别人的房子，到了地下，林敬华还得与别人已经过世的祖宗吵架乃至打架。所以，林敬华的骨灰只能寄存在某处我也说不出叫什么名堂的暂居处。他的妻儿都没工作，生活无着落，什么时候他能买到坟地呢？什么时候他能回到地母的怀抱呢？无产者林敬华，生无居所，死无归宿。

生命极为坚强，有时候却十分脆弱。这些年，我见多了说走就走、不说就走的人。走得突然，留下的遗憾就多，我记得敬华说过，他想做七十大寿，他走时，正是七十，但没有做成“大寿”。他六十岁时，有没有做过生日呢？有没有办几桌酒庆贺一番呢？不知道。

写到这，我想起林敬华说过的他小时候的家庭往事。我们还是来读他的诗吧，因为诗中有他生命的痕迹：

请不要
不要生气
也许　我冷淡了你
但那绝不是有意
我的心

带着深深的歉意
将你　记忆

浓重的雾
迷离
泥泞的路
崎岖
我的心
带着梦幻的希冀
挣扎　奋力

谁说的“大道如青天”
谁在唱“生活甜如蜜”
人世间处处有荆棘
我喝了太多的苦汁
我的心
带着难忍的悲痛
默默　哭泣

也许我会突然倒下
再站立不起
那么　每年清明

请来到我的墓地
我的心
虽掩着黄土
仍永远　惦记你

这首诗叫《给弟弟》，实在的“弟弟”是谁，不得而知。诗中，我们可以看到，他似乎在以自己的经历开导一个身陷困窘的人，结果却引发了对自身命运的哀叹，他喝了“太多的苦汁”，他甚至就是喝着苦汁长大的。他预感自己可能随时倒下，他觉得他的残肢难以支撑他沉重的肉身。很早很早的时候，他就想到了死。

我记得他说过，他父亲是上吊自杀的。他母亲独自抚养他和两个姐姐。林敬华得小儿麻痹症，残疾。为治病，他母亲把两个姐姐卖了，一个卖到建阳，一个似乎在福州周边。林敬华的母亲，是不是靠卖他姐姐的钱给他看病、维持生计的？不得而知。不多久，林敬华的母亲也死了，是他外婆把他拉扯大的。我们与他玩在一起时，已不见他外婆，在这个世界上，他已经没有至亲的亲人。

在《无题》一诗中，有他命运的缩影：

铺开我记忆的皱纹纸
那儿从没有印上过“爱”字

襁褓中就因疾病致残
学龄前又双亲俱亡
“给我扫房子都不要”
一句话，一支穿心透骨的箭
假如上帝是公平的
为什么还要人们供侍

一个残疾的孩子，哪怕做清洁工也没人要。夜正长，路正长，往后的日子怎么过？

《我是一株十二月的苦寒草》，正是他成年以后的人生自白，也是他心灵的写照——

一任
严霜欺压
冷风鞭挞
车轮辗轧
沙尘淋洒
顽童戏弄
路人践踏

不想学蚯蚓
以卑躬的形象

博得同情

不想学竹笋
削尖了脑袋
见缝就钻营

孱弱的身躯
何处为家
倾生命之血
挣扎
默默地
开我的小黄花……

什么是“苦寒草”呢？应该是长在乱岩中或沙漠里的孤草，在十二月里，在寒风中，时时刻刻在瑟瑟着的生命。这是一个弱者的自况，这是一个强者的歌吟，林敬华扭曲的身子是一个硕大的问号，他在沙漠中、在寒夜里高昂着头。这一株苦寒草，这一株不屈的苦寒草，这是生命的尊严！

林敬华一家是看不起病的。林敬华的妻子说过，他有病总是不去看，总是说没问题，挺一挺就过去了；临死前几天，医生说要输氧，他坚决拒绝。他曾打电话对祥荣说：“这次我恐怕回不去了。”也许，他知道自己撑不了几天了，想多留几片钱给妻儿？是啊，他口袋里那几片钱，够他看什么病，输什么氧？但不挺行吗？就是住院前几天，林敬华还开着他的破车，到街上讨生计。正是这样忍着，挺着，这样耗着生命，他才如此骨瘦如柴，才这么快油尽灯枯！敬华啊敬华，人世间又有多少你这样的人，在这伟大的“镀金时代”苦苦挣扎！

林敬华走得匆匆，留下孤儿寡母，我想他们将来也是看不起病的。这让我想起我周遭的一些人，老了老了，也无大病，因为有所谓二级以上的医保，躺在医院，一年花上几百万也不是什么稀罕事。

不过，不得不提的是，政府为林敬华提供了最后的关怀，因为他是残疾人，是“双保”人员，他的火化等丧葬费用，一千五六百元，全免了。

他应该欢天喜地地死去，因为他没有“死不起”的问题。

敬华腿不好，却走得很匆促，我经常有不知他是生是死的感觉，眼前总不时闪现他那干瘦如柴的身影，那生涩无光甚至有点晦暗的脸，以及他最后一次带他儿子林森到“五香豆”“托孤”的形象。夜深人静时，我偶尔也会牵挂：他的妻儿过得好吗？得暇应该问候一下。记得大约是他去世一个月后的某一天，我给他儿子林森打了电话，电话刚通，我们刚说两句话，我办公室又来了几个客人。我只好对林森说：“先这样哈，我回头再与你联系。”可是，天天忙，没完没了，我想着关心一下他的妻儿，但终于没有。

当我此文写到一半的时候，林森突然来电话，说他要去当兵了。意思是，只有他去当兵，他母亲才能更顺当地办好低保手续，才能更顺当地拿到廉租房。我问他什么时候走，叫几个人为他饯行，他说已经在出发路上了。我向他要了他母亲的电话，说回头会去看看她。他说，他母亲在这边没人照顾，怕有个三长两短，可能会回贵州老家，老家那边还有一两个亲人，也许还能互相照应一下。敬华的妻子，从贵州带着父亲来到福州，前几年她的父亲在福州生病死了，也算客死异乡。她的丈夫匆匆撇下她走了，为了生计，儿子当兵去了，真正应了一句老话“妻离子散”。

我突然想起，敬华生前经常三更半夜来电话，大约是在他刚拉客回来时吧，喝几两黄酒，絮絮叨叨一些不知所云的话。“五香豆”的朋友都接过这样的“夜半歌声”。今天想来，我知道敬华是累了，孤独了……我私下叹息，这些年，“五香豆”活动太少了，以致我们也很少见到敬华，敬华似乎应该早一些将他儿子带到叔叔、阿姨这个团体中来，也许可以扩大孩子的生活圈子，“五香豆”中人，有几个还是有实力帮助林森的。我也想过，如果万不得已，林森也可以到我们单位发行部工作。

可是，敬华走后，至少我没有关心过林森母子，他娘俩也不曾与我们联系。敬华在世时，我只听说林森到过一两家单位工作，但都不顺利，不稳定，待不久就走人了。我怎么会想到，他们母子这么快就做了这样的决定呢。

不过也好，“穷人的孩子早当家”，部队是最锻炼人的地方，敬华的儿子，将来肯定比那些娇生惯养的独生子女更有生存能力。

本来想给林森打电话，打一半，电话就断了；本来想帮敬华儿子的忙，还未开口，他已经走上了新的征程……总之，我有点愧疚。

当晚，我给陈祥荣和孙曼亭打电话，问中秋前是不是去看看敬华的妻子，陪她一起吃一餐饭，聊算过一个节？他们也正有此意。于是，中秋的前两天，我们几个人与敬华的妻子一起过了一个中秋节，这也是敬华走后的第一个中秋节。我们三人AA制，点了几盘菜，敬华的妻子是贵州人，喜吃辣，我们特地为她点了剁椒鱼头等带辣味的菜。席间，大家态度都从容，淡淡地说些敬华的往事。

敬华的父亲早早自杀，酿就了敬华兄妹的悲剧。敬华匆匆走了，造化弄人，现在敬华的儿子当了兵。但愿，敬华家人的生活，从此揭开新的一页，但愿！

文末，我想再引用一段林敬华的诗，以此作为不想忘却的纪念——

是哪一次海啸
把它托上高山
是哪一位法师

使它变成石船
浪再也翻不了它
潮再也载不动它
渴望的船头朝向闽江
身子却在历史中凝固
只能朝朝暮暮与石鼓为伴
永听暮暮朝朝的古刹钟声
它将给人们以怎样的启迪
我正倚着船栏沉思
沉思的身形亦将变成化石

这首诗的名字叫《鼓山石船》。我要说的是，敬华，生活的苦难再也伤害不了你，你的身子也像石船一样凝固。愿你在地母的怀抱，朝朝暮暮听这暮鼓晨钟。你那刀削般的脸庞，至少在我的心中，变成了永恒的化石。

敬华，黄泉路上，你的腿不再瘸了吧？一路好走啊！

2013 年 10 月 26 日

书里春秋

沈用大走了半年有余。这半年多，我经常感觉他还活着。打开邮箱，有沈用大的地址；打开手机，有沈用大的号码；沈用大的新著也是遗著——《共和国诗历》，稿费还未开……但是，邮件寄不到他的世界；电话，肯定是静默一片。我时时感觉他还活着，他却实实在在地死了。

大活人一个，说走就走，对于死者，少了折磨，对于生者，多了记忆的疼痛。站在黄河边上，看黄河的拥滞，我竟会想到沈用大的血管。

应该为用大留下一点文字，我想。

在电脑里寻找旧文档，我虽然没有为沈用大写过专门的文章，但旧作中一段两段提到沈用大的，不下五六处哩。这些，多是二十世纪八九十年代的事。我把这些旧事梳理了一番，再补充进一些新内容，集成了这篇散文，算是对三十多年老友的纪念。

我与沈用大的缘分，可以说是“书缘”。我们之间，书里书外，有不少与书有关的趣事哩。

沈用大是怎样一个人呢？周正，四角？他不抽烟，不喝酒，甚至不喝茶，就是从世俗的眼光看，他也是一个没有陋习和恶习的人。读书时，他坐的是硬板凳，像蒋中正一样正襟危坐，边上只有一杯白开水，书上压一把学生尺，把自以为好的段落用铅笔在下面画线，这线与他读书时的坐姿一样笔直。学而时习之，过了一段时间，他定要重读读过的书。重读书有新的感受，若原以为好，现在觉得一般了，他便用橡皮把铅笔线擦掉；若还以为好，便再顺上红笔，这就算是确定无疑的好了，也算“二审定案”——定取舍。他曾经送我若干书，这些书上还留着他用功的痕迹。

沈用大这样读书，是不是有点“呆”？我做学问，向来粗心。用大之“呆”，给了我许多启发，于是我也毕恭毕敬地买了一把学生尺，学着老沈的样子，煞有介事地在书上画下了整整齐齐的重点线，学着认真地做学问，认真地做人。

沈用大三天两头逛书店，存书不少。但是，他的书是清一色的大三十二开本，再好的书，只要是小开本的，一律不要。

我很费解，比如，同样一本《约翰·克利斯朵夫》，大开本与小开本有何不同？他呆气十足地说："阅读效果不同。一卷大开本的书在手，天宽地阔，读起来宽松自如，有了想象空间，多了读书的快感。一本小开本的书，则拥挤，沉闷。读了，心上添堵，让人烦躁。"这种非与书有了很深缘分而无法感受到的感觉，在一般人看来近乎荒唐。但细细思之，却有一点浅浅的美学道理散淡其间。这让我想起绘画，有一位老画家在批评当代某些国画时说，时下的国画比较拥挤，从上到下，从左到右，画得满满，少了空白，实在沉闷。他说，古典画家常常在画面上留许多空白，而这些空白，正是美丽的空间。此后，我做书，天头地脚都留有相对大的余地，行距也大。看来，从书到画，都有一个空白的艺术。

沈用大有买新版书的习惯。比如，他最早的时候，买了一套三十二开本的《约翰·克利斯朵夫》，后来出现大三十二开版本的，就舍弃旧版换了新版。他说，倘若将来有珍藏本，他还要再换新的。如此喜新厌旧，我是不理解的。我以为，一本书尚未被阅读的时候，它只是带油墨的纸张，是物质的；一旦我读进去了，它就为我展示了另一个世界，就有了生命，是我的精神世界的组成部分。因此，我格外厚爱自己读过的书，再粗陋，再破烂，我也觉得它比新版书好——至少，它陪着我度过了某一阅读过程。

我把这样的意思对用大说了。他说，这好比我们爱一个女子，我爱她，希望她不断更新衣裳；你爱她，只是希望她穿你们初次见面时的衣服。这个比喻有新意，也有一定的局限，好在不同点只是衣裳的新旧问题，新也罢，旧也罢，都是出自对“女子”的爱。

“三分长相，七分打扮”，人靠衣裳，书靠装帧——这个道理是我到出版社以后，才有了深刻体会的。

后来，书的开本五花八门，无章可循。沈用大为了他书柜的整齐和纯洁，越来越少买书了。我估计，异型开本的书，只有到了非买不可的程度，他才买。

有一回，我见用大的书橱中新添了一本《戴望舒诗选》，便开口向他借。

“这个……这个……哦，这……”老沈摸着书，为难地笑着，那表情仿佛小学生遇到了天大的难事，紧接着还是一连串的“这个，这个”。

我这才记起，一位朋友曾告诉我，在我认识用大之前，他的书橱上贴有一张“恕不外借”的纸条，后受大伙围攻才撕了下来。想到这一层，我急忙支开了话题。

第二天晚上，用大来了。那时，他虽已近不惑之年，脸上的酒窝仍盛满单纯和认真。他从黑提包中取出一本《戴望舒诗选》，说：“我一向没有借书的习惯，真对不起……我另外买了一本，送你啦……”

他从黑提包中取出一本《戴望舒诗选》，说："我一向没有借书的习惯，真对不起……我另外买了一本，送你啦……"

我接过书，心中颇有大冷天喝了三两二锅头的感觉，热乎乎的。

沈用大很喜欢丰子恺。他不画画，却花不少钱买了丰子恺的画集。一天，我和他一起逛书店，正巧有一批特价书，其中有《丰子恺散文选》，我买了一本，叫他也买。他犹犹豫豫，我问他为啥，他指着封底盖着“七折”二字的印章说，他要买一本好的，不降价的。

不久，他果然在福建师大门口的晓风书店买了一本与我一模一样的《丰子恺散文选》，要说有什么不同，就是价钱比我贵。他宁可多花钱，也不能容忍他崇拜对象的书被折价处理。

沈用大是上海人，但他与上海人有许多的不一样。

我印象中，上海人比较喜欢收集名人的东西。叶永烈对我说，人家寄给他的信封，他扔到垃圾筒中，都有人捡了收藏。我们出版社在上海搞过几回签名售书，都是排着一溜长队。最奇特的是，我们出《绘画本二十五史故事精华》时，司马迁他们不可能来签售啊，于是，社长、责编在那签售，上海人把他们当作当代的司马迁了，竟然也排起了长队。

沈用大是上海人，他这一生也见过不少名家，除了作者赠书或有签名外，他从不让人签名。有一回，舒婷等人在福州五一广场边上的科技馆签售，沈用大是喜欢舒婷的，买了一本她的诗集，舒婷主动说：“我替你签个名吧。”沈用大淡淡一笑：“谢谢，我不要签名的。”

这样的上海人，搞得舒婷莫名惊诧！

很多作家甚至知名的作家是不读书的，沈用大是不知名的诗人，也是草根学者。我觉得，他是我在福建的朋友圈中读书最多的人之一。我和他相遇在“五四”，相遇在“三十年代文学”。我与他相谈甚欢的都是关于中国现代文学。

有一回，几个文友聚会，言及时人对郭沫若的非议，用大为之不平。他认为，且不说郭老的生平事迹，仅就文学成就而言，也堪称五四时期造就的大师之一。时人以郭老晚年的文字为依据，以此冲淡他早年的文学建树，仿佛郭老也成了二三流作家了。用大说，一个作家在文学史上的地位，应以他最优秀的作品为标志，而不是他的平均水平，更不是他的最低水平。郭沫若的创作在新文学史上曾达到一个高峰，这个高峰，当代无人可以企及。

我是深为赞同沈兄的见解的。他提出的这个原则，实际上是体育竞赛的规则，一个世界冠军，他得冠军前和得冠军后的成绩，都不是他的成就的证明，只能以他最优异的成绩载入竞赛史册。明白了这一点，我们就不应该轻薄郭沫若，以及像郭沫若这样对中国文学卓有贡献的人们。轻薄他们，实际上是轻薄了我们自己。

一次，沈用大对我说：“五四这一代人，是前不见古人，后不见来者的。”虽然我也极喜欢鲁迅、胡适他们，但没想到用上这两句话，没有上升到他讲话的高度。我私下嘀咕，用大这样说，会不会有点危言耸听？我愿闻其详。

用大说了大意这样的话：前不见古人，古人可能与鲁迅、胡适他们一样有旧学根底（古人的旧学根底肯定要比鲁、胡他们强。房注），但是，先秦诸子没有像鲁迅和胡适他们那样，不是留学东洋，就是留学西洋，总之，没有西学背景；后不见来者，未来的人们可能对西学非常之精通，甚至可能不会说普通话却会讲英语，但他们不像鲁迅和胡适他们那样，是从私塾中走出来的，他们没有旧学根底。结论是，古人有旧学，后人有西学，但绝对没有“五四”一代人那样，是学贯中西的。

就像“但丁是中世纪最后一位诗人，同时又是新时代的最初一位诗人”（恩格斯语）一样，鲁迅与胡适是传统中国走向现代中国的中间物，他们客观上成了社会转型的坐标，他们因袭着沉重的传统，同时又高举着从西方盗取的现代文明之火。

由“前不见古人，后不见来者”生发开去，我觉得鲁迅和胡适这一代人之“学贯中西”有这样几种具体的要素：

第一，他们首先是学者。鲁迅著有《中国小说史略》《汉文学史纲要》等；胡适著有《白话文学史》《中国哲学史大纲》等。

第二，他们同时是作家或诗人。鲁迅就不用说了，胡适亦有《尝试集》以及数量颇巨的散文行世。

第三，他们都有过硬或过得去的外语，有翻译作品泽世。

第四，他们不刻意练字，但客观上还都是书法家。

与他们同时代的诸如陈独秀、蔡元培、周作人、郭沫若、林语堂、梁实秋等人，也和他们一样，都有几套本领。

反观当今学界、文坛，会做学问的教授基本上不会搞创作；会搞创作的作家大多是不学无术之徒；搞翻译的就只搞翻译，不搞研究更不搞创作，所以，现在的译作多是长句，读得让你喘不过气来。

“五四”先贤们因为有几套本领，所以他们有历史的深度，同时有世界的眼光，他们站在了历史与时代的高度，所以他们自然成为传统中国向现代中国转型的文化巨人。

巨人也是人，就如同伟人也是人一样，这已经是一点也不新鲜的话题了。歌德也是德国历史上的文化巨人，早在1847年，恩格斯就直言：“歌德有时非常伟大，有时极为渺小，有时是叛逆的、爱嘲笑的鄙视世界的天才，有时则是谨小慎微、事事知足、胸襟狭隘的庸人。”恩格斯还说，歌德没有战胜鄙俗气，而是鄙俗气战胜了他。然而，在德国，没有人因为歌德的鄙俗气等等鄙视他，他的文化巨人的地位，不因为他客观存在的庸人的鄙俗气而受到颠覆。反观中国，当今的学者、作家，有着大无畏的精神，学贯中西谈不上，既不厚古，也不崇西，他们只厚颜无耻地崇拜自己，更视鲁迅、胡适、郭沫若为狗屎一堆。他们仿佛憋了一大泡臭尿，无处发泄，终于泄到了

“五四”巨人们的头上，于是，发酒疯一般狂笑，哈哈，什么巨人，狗屎！站在巨人头顶拉屎，似乎自己就比巨人更加伟大了——这样的中国人！

中年的沈用大，要比晚年有趣，也幽默。他读书，最能读懂书中的风情。比如，读梁实秋给韩菁清的情书，他能从浩繁的文字中撷取出这样的细节：新婚之夜，梁实秋抱娇妻上床，自我调侃曰：“我成了举人了。”沈用大复述时，喜形于色，说这才是中国式的幽默，充满风情的幽默。

他不仅能读出幽默，还时不时有沈式幽默冒头。有一回，他对我说，中国古书都是竖排，外国人的书是横排。读竖排书，从上读到下，都是点头，所以中国人凡事都是“行行行”或“对对对”，都是肯定，因此有了奴才性；外国人读横排书，都是摇头，都是否定，所以有了批判精神。沈式幽默很淡也很深，不是搞笑，不是打诨插科，没有一定品位的人未必能读得出来。

沈用大写过一本小册子《幽默机智50法》，市面上也有一两本同类书，我做过对比，沈用大说的是“50法”，实际上是“法”中无“法”，是“法”外之“法”。幽默不是一种技巧，不是方法，而是心灵自由的表现，是智慧优越感的体现。

到了晚年，沈用大少了幽默，不会时不时让人忍俊不禁，多了沉默，经常蹙眉独坐或深思。我想，这是人生际遇使然吧。

用大的一生，可以说是与书相伴的一生，是精神化的一生，形而上的一生。沈用大与我有共同喜欢的作家，中国的有郁达夫、巴金，外国的有罗曼·罗兰、茨威格。

有一回，沈用大对我说，如果发生战乱，只能带一部书走的话，他就带《约翰·克利斯朵夫》；如果这部四大本的书还不好带的话，他就带其中一百多页的一章《安多纳德》。不谋而合，《安多纳德》也是我最爱的华章，我最爱的女神！

我回头看，这些作家都是用激情的文字，描写带自叙传色彩的人生，很大程度上属于个人化的写作。我读书，一般也只读这类用生命铸就的文字，至于那些水写的文字，肉体写的文字，我只能狂妄地说它们是文字垃圾了——不论是多么有名的作家写的。

当然，他也有书外的人生。如果在清朝或清朝以前，沈用大绝对是一个士大夫一类的人物，琴棋书画，无所不晓。有一回，我们"五香豆"聚会，他自拉自唱，唱的是越剧，年龄不小了，却像少年一般腼腆，要面朝墙壁，背朝大伙。你道怪也不怪？

沈用大还养猫。沈家的猫是狮猫和波斯猫的混血儿，白白胖胖，身上散发出一股香水的味儿。我们刚进门时，它闭着眼睛，窝在沈兄妻子身上，她一丝不苟地为它剪指甲。客人来了，它也来神啦，跳到我们身上，撒娇邀宠，用舌头舔着客人的手。见其状，用大拍拍猫的头："人来疯，真淘气。"又转过头对我说，

"猫是很通人性的。一个人闷在家里时和它乐乐，也多了一点生气。"说这话时，他像是在说他淘气的孙子。

沈用大喜好雅乐，但听的不是邓丽君，更不是阿猫阿狗，而是当下少有人问津的评弹。沈用大有未竟之事，就是他的另一喜好——评弹。他要写一部《中国评弹史》，资料工作已经做了许多，却绝尘而去，"广陵散从此绝矣"。

沈用大去世后，他的家人让我在追悼会上代表朋友致辞。我是事先写了悼词的，但是，当我走上去说话时，先是向用大的遗体三鞠躬，然后在写好的悼词开头，临时加了这么一句："用大，我们有话要对你说。"说了这句话，这就仿佛不是致悼词了，是在与用大絮叨了，不禁让人热泪盈眶，怆然涕下。以下是悼词的内容，附于文后，算是纪念——

祭沈用大文

一个人一生当中，一般不会有三个以上的"三十多年"。沈用大这一生，很遗憾，只有两个"三十多年"，他今年六十九岁。

本来，他应该好好地多活十几二十年。他走得太过匆促，亲友们没有任何心理准备，噩耗从天而降，让人惊愕不已，实在难以接受！

但是，在他的两个"三十多年"中，有一个"三十多年”，是和“五香豆”的朋友们，一起走过风风雨雨的。

我们大多是当年电大、业大的同学，组成了一个文学兴趣小组叫“五香豆”。我们以只有我们才可以有的称呼，亲切地称彼此为“豆友”，沈用大是我们公认的“豆长”。

人的一生当中，可能有几十个甚至上百个的朋友。可是，我们想想，能一起玩了“三十多年”的，能有几个呢？真的不多啊！

玩了三十多年的朋友，刚刚走了一个林敬华，现在又走了一个沈用大，世事无常，人生苦短！“五香豆”痛失良友，“豆友”们无不心生悲凉。

沈用大是一个好学不倦的人，是一个激情与理性相统一的人。在我们的印象中，沈用大一生最爱读书，最爱写作，可谓博览群书，笔耕不辍。

沈用大是诗人。他说，他自幼爱诗，这一爱好数十年未变，读诗和写诗，始终是他生活中最重要的内容。他认为他的生活不能没有诗。所以，我们可以说，他的一生，是诗化人生。2000 年出版的《鸟碟集》，荟萃了他一生主要的诗歌作品，其中有的诗歌被选进了《中国新诗大系》或诗歌年度选本，在圈内产生了一定的反响，也将在诗歌史上留下痕迹。

沈用大最喜欢郭沫若这样充满激情的诗人、巴金这样青春奔放型的作家，还有罗曼·罗兰《约翰·克利斯朵夫》这样用热血点燃的作品。

沈用大不是专业的研究者，但因为他的好学不倦，更因为他非功利的读书，读着读着，他把自己读成了学者。如果说1994年出版的《幽默机智50法》只是一部通俗读物的话，那么，2006年出版的五六十万字的《中国新诗史》，以及今天刚刚面世的三十多万字的《共和国诗历》，则是他积数十年之力构建的学术高楼，也可以说是他一生理性的结晶。此外，他还参与了高校研究生诗歌教材的编写。在这几部学术著作中，他不媚时，不阿世，有独立之见解、不羁之思想，体现了一个严肃学者应有的学术品格。

有的人死了，却还活在别人心中。我坚信，沈用大将活在他充满激情和理性的多部著作当中。当我们再打开他的书时，依然可以感受他的脉动，目睹他的笑颜，聆听他的思辨，总之，我们可以在案前灯下，继续与用大絮絮叨叨，如话家常。

沈用大是一个外圆内方的人，平时为人处世，不强人所难，合群、随和，有时甚至不惜为难自己。他内心可能焦虑或烦躁，但脸上总是保持着宽厚的微笑。他与人交往有自己的操守，有自己的坚持，一生不做掉格的事情，不做下三烂的事情。“五香豆”二十多人，各有喜好，各有性情，他像他最喜爱的小说《家》中的高觉新一样，苦着自己，委屈着自己，迁就着宽容着每一个人，有时甚至是曲意逢迎，苦心维持着“五香豆”，终使得“豆友”们不离不弃地一起走过了三十多年。

沈用大还是一个多才多艺的人，琴棋书画，无所不能。

作为上海人的沈用大酷爱评弹与越剧，这或许是他对少年经历的眷恋？或者对生养他的故乡的魂牵梦绕？当年，他还年轻，人也腼腆，在“五香豆”的朋友中拉着二胡，唱着越剧，然而，却与众不同地面朝墙壁，背对着他的“豆友”们。

12月10日的上午，他一如既往地穿着单薄的衣服，固执地迎着寒风与雾霾，在老年大学的朋友中唱着他的越剧。他唱的《红楼梦》还是《孔乙己》，这已经不重要，他是在自己吟唱的歌声中和朋友们的掌声中绝世而去的。乡音绕梁，越剧的曲调将把他带回他沪上的故乡，他将回到地母的怀抱！

遥想当年，他面壁歌唱，不也像诗人海子一样面朝大海吗？他的背后，朋友们笑作一团，那是春暖花开啊！

千年万年修得善终，没有拖累家人，没有太多痛苦，更没有死的恐惧，这是上帝所赐。生如夏花之绚烂，死如秋叶之静美。曲终人亡，掌声中，沈用大带着安详走了，这是人生的绝唱！

然而，可是，我要说，沈用大真不够朋友！走得如此匆忙，对他的家人，没有遗言；对他的朋友，没有叮嘱。他就像贝多芬的音乐一样，轰轰烈烈时，骤然停止了。在他的身后，是无边无际的静默，而于静默之外，又有多少的余音让他的亲人们牵肠挂肚，在他的“豆友”们的心中荡气回肠。

也许，正是没有告别的告别，在以后的日子里，沈用大，你的亲人，你的朋友，都不觉得你已经走远。

一个死去的人，如果还活在活人的心中，那他就永远活着。

今年，对“五香豆”来说，是一个大悲大痛之年，林敬华刚刚走了，我们又失去了沈用大，失去了我们的好朋友、好兄长！

用大，玩了大几十年的朋友敬华已经在路口等着你，你的爹妈也在等着你，黄泉路上，你不会孤单。

用大，一路走好啊！

2014 年 7 月 21 日

安然离去

查日记，我是在2012年9月5日重逢二十多年未曾谋面的黎云秀的。

那天，我到《文艺报》找阎晶明，电梯里，只有我和一个少妇。我朝她看一眼，见她脂粉甚厚，风韵犹存，怪面熟的（之所以用这“怪”字，是马上证实了她是我南平的朋友。这是南平土话，我只要听人说诸如“怪好玩的”之类，就知道他基本上是南平人了）。她也瞅着我，脸上似乎有惊喜有打招呼的意思。我犹疑道：“你是？”她却直截了当，惊叫：“你是房向东？！”哈哈，我想起来了，她是南平出来的儿童文学作家黎云秀！

厉害，我心里嘀咕，当年的帅哥已成秃驴，她却还认得出来！

二十多年前，我在福建少年儿童出版社（下称“闽少社”）

我朝她看一眼，见她脂粉甚厚，风韵犹存，怪面熟的。她也瞅着我，脸上似乎有惊喜有打招呼的意思。

工作时，黎云秀在闽少社出版了第一部童话《赤兔王子》。虽然我不是这本书的责编，但她不时来我们编辑室，与责编等人交谈甚欢，似乎我们编辑室全体还请她吃过饭。不久我听说她“北漂”去了，先是到某大型文学刊物工作，后到了作家出版社当编辑。她在福建时，我们也就见了两三面，可是，二十多年过去了，我们却能在电梯中认出彼此，也算眼毒，也算缘分哈。

他乡遇故乡，黎云秀有点兴奋，我也十分高兴。我们说着客气话。她说我没有什么变化之类。我应和道，哪能没变呢？青春凋零，老夫老矣。我又言不由衷地回赠她，你才是“五十年不变”哈，否则，我如何能一眼认出？

她邀我到她办公室坐坐。

我们交谈甚欢，聊的多是彼此都认识的福建老乡的事。黎云秀有点引以为豪的“飘”，罗列了一串福建人在作家出版社出书的名单，似乎都是她牵线搭桥的结果。我夸奖她为家乡朋友办事的热心。女人经不起热捧，哪怕是所谓知性女人。她向我隆重推出了她的笔名“安然”。这名字不陌生，我立即说，哎呀，如雷贯耳啊——后来我才想起来，我有印象的“安然”，可不是作家的名字，而是铁凝小说中的一个红衣少女——她很受用，送给我一本她责编的书，似乎是贾平凹的幽默散文随笔集。她特地打开目录，指点着序说：“这本书的序是我写的。”“哇塞，为贾平凹作序，不简单！”老汉老矣，一出口就是夸奖。黎云秀告诉我，后来，她的文章都是用“安然”这一笔名发表。我说：“难怪这些年没有听到你的声音，就像鲁迅替代了周树人，安然替代了黎云秀哈。”她嫣然一笑，面有得色。

在知识分子成堆的地方摸爬滚打几十年，我已经能应付自如地面对他们伟大的脆弱的自尊心。当然了，同时，我也讨厌自己不经意间的圆滑和虚伪。

我与黎云秀有相似之处。我们都是出版人，同时又是作家，也都写些评论。当然，她是京城名媛，洒家乃闽中秃驴，门内爬爬虫，有许多地方没有可比性。我向安然了解作家出版社的出书情况。很多据说一流二流的作家愿意在作家出版社出书，在他们看来，这是一个高位平台。能登上作家出版社，不要说稿费低一点，哪怕不要稿费也是可以的。我问了几个所谓一流作家的稿费情况，安然说了多少多少。我心里嘀咕，不高嘛！可是，就是这几个鸟人，到地方出版社出书时，仿佛恩赐，仿佛他的书可以救活一家出版社，开出的一律是天价，还要求多头授权！不仅狗眼看人，还狗眼看出版社！

我无语。我想起了左思的《咏史》，“郁郁涧底松，离离山上苗”，茂密的涧底的青松，无论怎么可着劲长，也高不过山顶上的小树苗；“地势使之然，由来非一朝”，这是固有的自然条件造成的。作家出版社的牌子摆在那里，那自然是一流作家的后花园，二流作家的菜园子，也是那些做梦都想一流、暂时还是三流的作家打破头也要往里挤的地方。地方的文艺出版社，再怎么折腾，也折腾不过皇城根下的出版社。这是中国出版体制的必然结果，不说也罢。

临走，黎云秀告诉我她的博客地址，我们彼此留了电话。我说：“这下好了，又可以知道你的情况了，回去，一定认真拜读你的文章哈。”

那天晚上回到宾馆，我绞尽脑汁搜索黎云秀年轻时的模样，是扎辫子还是齐耳短发？却怎么也想不起来。这也是怪了，怎么都想不起来，二十多年后碰到了，我却认得出来？莫非中了弗洛伊德的奸计，当年不经意间被“潜意识”了？

至于拜读她博客上的文章，也是我圆滑地随口一说而已。回到单位，我忙得团团转，哪里还会读什么博客？要读也是读周树人，怎么可能读黎云秀？哪怕她已经蝶化为“安然”。

邂逅黎云秀，我这天的日记不无尖酸刻薄处，也有一点由此及彼的感慨。既然记了，为了真实，还是留在下面吧：

下午去《文艺报》找阎晶明。上电梯时，碰到一个熟女，对我微笑，笑得有点甜，但不耐看，细一看了，甜中却隐隐透着苦，那种李清照独居时的苦，有点无奈的神情。此人面熟，却是黎云秀。二十多年不见，还认出彼此，不易。到黎的办公室小坐。她介绍了她的业绩。她已经由当年的丑小鸭黎云秀变成了仿佛名人的“安然”了。她那种急于表现的神态，与我见到的许多知性女人一样，似乎并不安然哈。我想，当年的她，文章可是很一般的，现在有了作家社这个平台，这是名家赶集的地方，她也容易得这个奖那个奖。她不要冲昏了头脑，把她的平台误作自己的本事。有平台的出版和没有平台的出版是大不一样的。记得某著名出版社一个搞发行的老总说他们的书就是不打折。但他离开他的社呢，就什么也不是了。那些当官的更有这个问题。当年拿破仑率领大军翻越阿尔卑斯山脉进军意大利时，面对着千年皑雪、万仞峻峰，这位战无不胜的法国皇帝傲然放言："我比阿尔卑斯山还高！"言语铿锵，睥睨天下，傲对当世，让当时无数粉丝竞折腰，尖叫不断！鲁迅读到此节时，却弹指笑言："拿破仑敢这么说，那是因为背后有几万兵。没有这几万兵，人们只会把这个不到一米六的小个子当疯子抓起来！"鲁迅说拿破仑那些话，还是深有道理的。

此后不到一年，即 2013 年 2 月，我与南平文友陈毅达、曾慧清相聚时，他们告诉我，黎云秀得了癌症，恐不久于人世。同年 8 月，闽少社的陈效东告诉我，黎云秀已经走了。从病发到辞世，也就半年多的时间！

这消息让我有点惊骇！她离过不止一次婚，她的儿子还未成年，她一生"飘"得那么厉害……她有多少未了之事？有多少人生遗憾？总之，年轻生命的骤逝，总让人喟叹！

我想，要不是电梯里的重逢，我听到她的噩耗，也许会当作一件平常的死亡事件。然而，我们毕竟再见了，不论印象好坏，我们续上了二十多年前的因缘，我为她的死感到惋惜，就像惋惜一个老朋友的消亡。

我对黎云秀以及黎云秀这样的“北漂一族”，怀有由衷的敬意。她是南平的“涧底松”，身怀撕裂之痛，硬生生地把自己连根拔起，怀着理想，把自己种到了山顶上，种到了皇城根下。也许，阳光雨露更加充沛，但也多了冰雪雾霾，乍看十分茂密，实是水土不服，早早夭折了。

我本想求证一下她去世的准确时间，在网上查了“黎云秀去世”和“安然去世”，网络回答我不知道。

网上关于黎云秀的信息很少，只记载她是1963年生，南平建瓯人。1982年开始发表作品。2000年加入中国作家协会。著有小说《白毛阿利》《雪地上有几只麻雀》《父亲老A》，长篇童话《蛙国历险记》《赤兔王子》《动物大使波彼》，报告文学集《风华少年》，文学评论文章《幽默散文的背景与现状》等。《白毛阿利》获福建省第九届优秀文学作品佳作奖，《赤兔王子》获福建省文学作品征文一等奖，《蛙国历险记》获1994年福建省优秀音像制品一等奖。策划、主编“太阳鸟童话丛书”、“幽默丛书”、《中华散文精粹·现代卷》等数百万字。所编图书获全国优秀畅销书奖、鲁迅文学奖等多种奖项。

我又查看了她的新浪博客。与许多出名的美女作家一样，她既爱自己的笔名，又怕人们忘记了自己的本名，所以把笔名和本名捆在一起，像日本人的名字一样，博客名就叫“安然黎云秀”。

她的博客头像是一帧她拉手风琴的相片，看上去很美。在图片夹中有十多张她的玉照，有与宗璞、文洁若等名女人的合影，有在全国图书订货会上的留影，也有旅游照、书房照等。不少粉丝在她的相片下留言，比如，“这张很青春啊，长发飘飘，亭亭玉立”“你是搞艺术的吧，有风度”“美得落落大方”“美丽在心，凡眼难阅”等。她的博客置顶的一篇文章是《从肉体的游荡到灵魂的游荡——张炜〈你在高原·无边的游荡〉读后》。她的博客最后更新的时间是 2012 年 12 月 6 日，转载了一篇关于王宏甲的文章。

安然为贾平凹作序，贾平凹大约不会为她留下一点纪念文字吧。只有我这样，她并未为我作过序，与她也无深交的人，想着她的骤然离去，元旦在家，就留下了这些或许对她算是怀念亦有伤害的文字。

我想用她的文字作结，黎云秀，你的肉体在北京游荡，现在，你的灵魂在北京游荡。你“飘”了一生，你“飘”累了时，是不是应该安然地“游荡”回南平？回建瓯？那是你的始发地啊！

2015 年 1 月 2 日

一个早逝的北大才子

阿贵死了，死时年方五十四岁。

我与阿贵八年同事，对他真是知根知底，本应该去送送他。可是，他与我爹同日死（只差几个小时），我终于无法为他送行。我想，黄泉路上，他如果能与家父结伴而行，我还要感谢他对老父照料一程哩。

虽然只五十四岁，但对他的死我是不会感到惊诧的。在我看来，这是意料中事，这是他的命。

一段日子以来，我经常想起阿贵往事，也有老单位的同事不时提起他。我想，他是一个典型的个体存在，我总该记下一些什么。

1984年的一天，出版大院来了一个港仔：一头披肩发，印着红红绿绿碎花的花衣衫，白色的大喇叭裤把鞋子完全遮盖了，配着大蛤蟆墨镜，墨镜的镜片上还贴着名牌商标。此人脸小，夸张地说，看上去就只有两潭幽深的水了。最奇怪的是，如此洋气之人，竟提着一个不大不小的编织袋，编织袋红蓝白三色，仿佛法国国旗。洋到冒泡，土到掉渣，土洋在他身上完美结合，如同怪物。

他要进大院。

传达室的师傅以为此物是女性："姑娘，你找谁？"

他沙哑道："什么姑娘，老子来报到！"

师傅细瞅，哎呀，还是一条汉子。哦不，这不是一个小流氓吗？出版重地，不容混混，师傅要赶他走。

他强调说，自己是大学毕业生，来报到的。

师傅问他姓甚名啥，哈，还是北京大学的！金字招牌，先声夺人。师傅赶忙给局长打电话。老局长搁下电话就往传达室赶。看到此人时，虽然愣了三五秒，但立马脸上堆积笑容，双手抱住"蛤蟆"伸出的一只手："欢迎欢迎，欢迎之至。"局长接过他的编织袋，亲自带他到人事处报到。他空着手，大摇大摆地尾随着局长。

这是粉碎"四人帮"以后，第一次招收到北京大学的本科生。局长如获至宝。

此人就是阿贵。阿贵与我的工作关系不多，虽然同在一个编辑室，但他编他的书，我看我的稿，工作并无交叉。如果说，我们走得近的话，那全因为喝酒，是酒友。我们单位在得贵巷。一

师傅问他姓甚名啥，哈，还是北京大学的！金字招牌，先声夺人。

次，我与阿贵喝酒，半醉不醉时，我说：“我们这巷子是为你命名的，得贵巷，得了阿贵。”他“嘿嘿”一声，喝了一杯，算是对我的回应。

得贵巷得阿贵，阿贵一到得贵巷，真真成了得贵巷的名人。

阿贵还算随顺之人，上班后，就把长发给修理了。当他露出真容，我发现，他不仅个头小，头格外小，这对我是一大打击。我的头又大又圆，打小，人们就告诉我“头大脑足”，就是说，头大的人聪明。可是，阿贵的头比我小了三分之一，可能还不止，上的是北大，我却只能上“自大”（自学考试）。这说明，我头再大，和猪八戒一般，也抵不过阿贵那猴头。头小，额头自然也小，他有眯成一条缝、深陷的小眼睛，鼻子和嘴巴间的人中特别短，从鼻子开车到嘴巴，大约一发动就要刹车了。只有嘴巴稍大，有一点像滇金丝猴，如果是女的，还真是性感。相识多少日子后，我曾调侃他：“你是广东人？”他说是宁德人。我说他很像广东人，更像越南人。他还是“嘿嘿”，喝了一杯酒。他要答复我，或是不想理睬我，就喝一杯酒。

二十世纪九十年代初，工资很低，也就百元左右。阿贵的穿着总是很上档次，衣服什么的说不清楚，就不说了。一天，他穿了一双米黄色的皮鞋来上班，那做工精细至极，人们就像不能忽视北大牌子一样不能忽视这双皮鞋。我们就问多少钱，他轻描淡写道，三百元。三百元？有的女同事惊叫了。那时的三百元，肯定超过现在的三千元。

穿上档次的衣服等，只能说明他是生活品位很高的人。可是，他突然又穿一身军装来上班了，相匹配的，鞋子也是解放鞋。有时，还把裤脚卷得老高，看上去像民工。不过，卷裤脚却只卷一边，这是不是精心的设计？真是让人匪夷所思。

他是“被结婚”的，这先按下不表。结婚时，请几桌酒，我也去了，就坐在他边上。结婚本应穿喜气一点的衣服，他却一身黑衣，闷闷不乐，如丧考妣。当时我想，这结什么婚啊，胡闹。

几十年间，我见多了北大的“学霸”和“考霸”，感觉北大的遗传基因极为强大。北大，特别是北大文科生，仿佛一个模子倒出来的。阿贵在穿着上的极端，与其说是他爱这么穿，不如说是不经意间要表现出与众不同，换句话说，“北大学子”的表现总是在“不经意间”，多少有夺人眼球的潜意识在作怪。孔庆东是典型的“北大学子”，还是“北大醉侠”的时候，思想偏右，后来却成了朝鲜的杰出歌者，正应了鲁迅说的，这个极端是很容易走向那个极端的。与孔庆东们对比，好在阿贵只是表现在穿衣上，时土时洋，顽强地独树一帜。我以为，虽然是不经意的表现，但毕竟表现了，北大人就是这样，或大事或小事，都要表现他的与众不同，他们的优越感是在与众不同中得以坐实的。我见到的北大人，有的，似乎是非理性的动物精英。

他是他所在那个地区的高考状元。同事在一起时，经常问起他是怎么考进北大的。他嘿嘿一笑，那神情是“不值一提”的意思。他经常宣扬的是，备考的时候，他天天在打牌，还看小说《金瓶梅》，以此说明他的洒脱。如果不细想，我也就佩服了他的洒脱，回头琢磨，他那年龄，要高考了，能凑齐人打牌吗？他总不至于和成人打牌吧？又想，那时候，《金瓶梅》还没有再版哩，难道他弄到了《金瓶梅》的手抄本？当然了，他说《金瓶梅》，也许是泛指，只是表明他考得很轻松，之所以随口说出《金瓶梅》，是为了表明自己和西门大官人一样风流？也未可知。

我不聪明却绝顶了，他聪明至极，头发却依然郁郁葱葱。阿贵从不练字，写出的字却像名家书法一样；凡不懂的事问他，他都懂；他编的稿绝对无可挑剔，虽然可能一年只编一两部书稿……我常对人说，阿贵是出版大楼里第一才子。我也走了几家杂志社、几家出版社，还没见过他这样博闻强记的。阿贵走后，有少儿社的老同事给我发了一篇他北大不知名同学写的回忆文章，其中也谈到他的博闻强记："大家公认，阿贵是俺们这帮人里最聪明的，脑瓜子最好使，玩牌时，俺还稀里糊涂呢，他能如数家珍告诉俺，张三手里还有梅花五和方片六，李四手里最大的牌是张黑桃八，头脑清晰，推理、计算、记忆能力极强。阿贵很长情，上次喝酒，他竟然背出了西语系女生几十年前骑的自行车的车牌号，让俺们敬佩和感动不已，俺当年就知道他对几个西语系女生的车牌号倒背如流，没想到多年以后，他依然会记得。"他的这位同学还提到，"燕园四年，俺俩臭味比较相投……四年中俺俩都没去过图书馆上自习"。阿贵乃北大翘楚，脖子上顶着的是生物电脑，看上去，活像一个小小的钱钟书。

像阿贵这样，二十世纪八十年代中期北大毕业生，照理早应该上了正高职称了，可是，他到死还只是助理编辑。单位后来给他聘了中级职称，那是因为他年过三十，可以这么聘了。当年，上中级要考外语，指定几门课，很好考。凡参加考试的，就没有不过关的。阿贵报名了，没有参加考试，为什么呢？据说看足球看到半夜，睡过头了；第二年又考，又据说赌钱赌到半夜，再次睡过头了。总而言之，每次考试，他都睡过头了。如此，中级没上，副高、正高自然没上。大家说他可惜，他嘿嘿道："不就是职称吗？名缰利锁，不值一提！"满脸的满不在乎，真有一点粪土一切的味道。

他爱赌。早时候是玩老虎机。那年，我们与团中央合作做一套书，一个省一本，要到各地跑。我和他一起去东北。在哈尔滨，办完事时我想到太阳岛逛逛。过了江就是太阳岛了，突然，他对我说："你去吧，我不去了。"问他为什么，他说这里有老虎机的店，他要去打老虎机。没奈何，我只能自己去了。我回到宾馆时，他告诉我，他把差旅费七千元全输光了。我的妈呀，我们还要去好几个地方啊，这如何是好？后来，我们只能到兄弟出版社借钱回来。

除了赌，他最津津乐道的是女人。云烟渺茫之中，无限丘壑在焉。猎获女人好像是他无上的光荣和最值得称道的业绩。还是九十年代初吧，我和他一起去北京，他对我吹牛（也许不是吹牛），他最好的成绩是，和一个女人第一次见面就上床了。说这话时，他脸上满满的自得、自豪。那时候，还没有网聊一说，自然也没有网恋，一见面就上床，如果不用蒙汗药，还真得有点奇招哈。

我们几个百思不得其解的是，又瘦又小又黑、长得像猴子一样的阿贵，如何成为撩妹高手、猎艳专家？这就像是国家机密，暂时没有解密。关于他和女人的故事，他还真是造孽。那些都是一流人品的妹子，或是良家少妇，或是知性女性，有的为他离婚，有的为他发疯……他也曾东躲西藏，但好了伤疤忘了疼，一波未平一波又起。结果呢？被套牢了。后来我终于知道了婚礼上他如丧考妣、一袭黑衣的缘由了。近的近在眼前，远的远在天边，情孽纠缠，不离不弃，两根绳索，羁绊了他的自由，直到阿贵萎蔫、消亡……俱往矣，往事不堪回首，往事不忍，不能细说，不说也罢。

阿贵是研究过自己的人中的。有一回出差，我们同住，他对着镜子自语："我是命不长的人。"我问，何出此言？他说："人中太短。"我说，人中短而长寿者，比比皆是。他说："我不一样，看命先生说了，我就活五十左右，只能活这么久。"我让他不要胡扯。他叹道："五十也上寿了，俺也活得不耐烦，死便死吧，随他去了！"仿佛命不是他的命，由不得他似的。

阿贵生前，我们几乎没有谈过学问的事，更没有说到魏晋。阿贵走了，我写这文章时在咀嚼阿贵这个人，他这鬼样，似乎还颇有魏晋遗风。魏晋时代非常开放，情感的束缚较少，换偶什么的最是时尚。《晋书·五行志》中说："贵游子弟相与为散发，裸身之饮，对弄婢妾。"最惊人的是后面这句："逆之者伤好，非之者负讥。"男女关系有点乱，不胡来会伤友好，非议者则反受讥讽。这种魏晋德行，阿贵身上或明或暗，隐隐约约，应该是有的，就不多发挥了。至于奇装异服，与众不同，刘伶是"以天地为栋宇，屋室为裈衣"，阿贵的喇叭裤、解放鞋算不了什么，虽然在作态上或略有踪迹可寻。阿贵的酒风最像刘伶，"唯酒是务，焉知其余"！刘伶嗜酒如命，心态消极颓废，常常坐着鹿车，带一壶酒，使人扛着锹跟着，说："死便埋我。"阿贵最后的日子，早餐不吃饭，一醒来就喝酒，直到喝了便吐，甚至喷了出来，还不去就医。他信了算命先生的话，不贪生，甚至求死，真正实践了刘伶的"死便埋我"的洒脱与无畏。单位宿舍拆迁，人人要房，只有阿贵要钱，要了钱却很快赌光了，成了穷光蛋。死时，阿贵上无片瓦，下无寸土，还留下不少债务，这也与刘伶的"我以天地为栋宇"一致。

据他的同学说，阿贵有无数个当官发财的机会，他是号称天之骄子的新三届大学毕业生，来自燕园，他有很多师兄当了省部级以上的大官或者成为亿万富豪，他当官发财的机会不会比其他同龄者少。这一点，我是知道的。别的不说，他同寝室某人，当了比封疆大吏还大的官。有一次，我开玩笑说："怎么样，我们找他开发一套教辅？"他嘿嘿道：'这么小的事，要找就找他要一座矿山。你看，开煤矿还是开金矿？"罢了，彼此哈哈大笑。

阿贵为了维持他的优越感，一开口总是冷冷地藐视人。他叫雷荣贵，有人说，某出版社有个人名字与他相近，叫雷戎。阿贵道，雷戎是什么东西？雷戎听说，就跑到他办公室，自我介绍道："我是雷戎。"他嬉皮笑脸道，哦，原来不是东西。

说起来，我所谓的"鲁迅研究"，还缘于阿贵。1992年的一天，我在看鲁迅的书。他把我的书拿来翻翻，带着对我和对鲁迅居高临下的神情，带着北大的优越感说："鲁迅，无非就是骂人。"说罢，像老师扔学生作业本一样，将鲁迅的书"啪"的一声扔在我面前，玩他的游戏去了——他上班时间经常出去玩电子游戏机，看上去，还真是"游戏人生"。

我很生气！鲁迅就是骂人？放屁！我还真想骂他放屁，但他连骂的机会都不给我，他只是用后脑勺冷冷地对着我。

"鲁迅，无非就是骂人"，时不时刺激着我，有一段时间甚至一看到阿贵我就会想起这话。说来也巧，一家报纸的读书版约我写一些读书随笔，我与之商量，开了一个专栏，围绕着"鲁迅与他'骂'过的人"写了二十来篇文章。我在写这些文章的时候，有一种报复的快感，有一种痛斥阿贵的快感。一年多以后，上海一个搞出版的朋友建议我增补若干内容，将其成书。1996年，我的第一本关于鲁迅的书《鲁迅与他"骂"过的人》面世了，反响还好，接连重印，还被翻译到国外去。接着，我又写了好几本与鲁迅有关的书。

没有阿贵的"鲁迅，无非就是骂人"，我会不会在鲁迅研究方面下苦力？却也难说。

我到过阿贵在洋下的家，他的书柜中不仅有鲁迅的书，在鲁迅书的边上，还有一本比较生冷的《高长虹研究论文集》（大约是这书名，灰色封面，中国社会科学出版社出版）。高长虹是跟鲁迅捆绑在一起的人物。我暗忖，此人是读鲁迅的，却故意轻薄鲁迅，无非要表现一下他的洒脱吧。

阿贵看到我的书，我在后记中不点名地提到“鲁迅，无非就是骂人”的往事，他憨笑道：“呵呵，还挺记仇的嘛！”他一句也不恭维我，倒让我请他喝酒。

我最后一次与阿贵喝酒，似乎是在他去世前半年。下班时，在大院门口，我碰到他和另一个嗜酒者，我们临时凑成，就喝开了。阿贵只喝酒，几乎不吃菜，话也极少，面色沉郁，喝得没滋没味。但是，了解彼此，我们也不没话找话说，也不假装笑得灿烂，一切尽在不言中，一切尽在酒杯中。

阿贵曾言，他一半是隐士，一半是嬉皮士。在我看来，阿贵是古人，是魏晋人，以时人的眼光看，浑身是毛病。他活在当下，左支右绌，实在憋屈了他。然而，他就是这么一个人，就这鸟样。阿贵不汲汲于富贵，不戚戚于贫贱，还算潇洒一生。与他相交，是可以完全不设防的。

阿贵不辞而别，悠悠、款款地走了。生有何乐？死亦何悲？走了也好。他编过不少外国科幻小说，但愿他能科幻一回，穿越到魏晋，或可与嵇康闲聊？或可与刘伶同醉？

2018 年 5 月 1 日

“死刑”无奈被执行

我是 1995 年与何满子先生相识的。

当年，我写了一本书《鲁迅与他“骂”过的人》，将要由上海书店出版社出版之际，责编陆坚心先生委婉地提出，你名不见经传，是不是可以考虑请名人写一篇序，这样或有助于销售？

此前，我虽然出过两三本杂书，但都是不登大雅之堂的。从严格意义上说，这是我的第一本说得上的正经之作。

因为工作关系，我是认识了若干名人。请名人作序，不是不可能。老实说，我对当下的序，特别是熟人作的序，似乎无大好感，说来说去，无非一堆的客气话。我这本书是关于鲁迅的，鲁迅是我的宗教，我的图腾，我对鲁迅怀着神圣的敬畏感。我不想让无聊的客套话亵渎了鲁迅。所以，我从心底立即拒绝了我也许不难得到的客套话。

可是，出版社的建议，也是不能不考虑的。怎么办呢？想来想去，眼前闪过一道灵光，我立即兴奋起来：找何满子先生！

1985年以后，我开始在报刊写一些文章，写得最多的是杂文和随笔。当代中国，写杂文的人不可能不知道何满子。以我今天的眼光看，写杂文，态度比何满子激烈的大有人在，但像何满子这样有历史感，有文化内涵，有相当的思想深度，以及语言丰富、古朴的，却没有第二人。更为难能可贵的是，何满子历尽劫难，对中国世情有着深切的体会，不时抨击时弊，揭橥谎言，字里行间满是沧桑，带着血性和酒气，几十本书摆在那里，气度恢宏，一片苍茫。何满老（对何满子的尊称）曾对我说过，黄裳是当代散文第一人；我要套过老夫子的话说，何满老是当代杂文第一人。当年，何满老的文章就伴随着我的精神生活，时时滋养着我。我以为，鲁迅去世以后，何满老与聂绀弩一样，是最具鲁迅遗风的大杂文家之一——之所以敢称其大，因为他同时是一个大学问家。总之，我动了请何满老作序的念头。

犹疑是不可避免的，何满老学贯中西、名满天下，会在意我这样一个愣头小伙子吗？何况，作序是一件苦差事，胡适就说过，作序与应酬一样让他痛苦。

无论如何，我还是把书稿寄出了。我记得是寄往上海古籍出版社的。很快，何满老回了一封短信，大意是，关于鲁迅的事，又是一个年轻人在做的事，他是当仁不让的。但是，他不想像有的人一样，连书稿都不看，就下笔千言；他又很忙，也不能通读全书，只能抽看他有兴趣的部分，希望我给他个把月的时间，问我是否可以。

过了一段时间，何满老的序寄来了，这是一篇长序，竟有六七千字！在序中，他认为我是有独立见解的：“不管作者在书中对人物事件的评价是否得当，乃至我自己也未必完全同意他的有些见解，但这些意见都是作者独立做出，没有怀着别的不光彩的目的去解读鲁迅，这一诚实的态度就值得肯定。”我和书中所涉当事人没有任何往来，所以比较超脱，该怎么说就怎么说。如果说，我有什么学术勇气的话，很大程度上来自远距离。何满老写道：

> 房向东先生积数年之力，钩稽了鲁迅和曾与之有过干涉的人物的材料，并广采研究者的有关评论，写成《鲁迅与他“骂”过的人》一书，对当年的一场场公案作了集中的描述，分人成篇，颇似传统的“学案”体的格式，扼述这些与鲁迅有干涉过的人物的简况和他们与鲁迅的关系史，未曾与鲁迅直接交往过的人也扼叙了对象的基本性状，提供了鲁迅之所以要“骂”的背景材料。对几起重要的论战，则扼要引录了双方论旨的原文。对争论双方的是非或做出自己的评价，或援引了研究者的见解。即使直叙事象，作者本人的倾向也鲜明地流露在客观的叙述之中。对于理解鲁迅，理解现代文学和文化史乃至理解现代中国，我想本书都是很有用的。

读了何满老的序，我感激莫名！同时，不免赧颜汗下，受之有愧。在《鲁迅与他“骂”过的人》一书的后记中，我记下了当时的情状：

我还要谈一谈这部书的序言。我与何满子先生素昧平生，未谋一面。平时，我爱读他的文章，认为他是当今文坛真知鲁迅、真心维护鲁迅的人之一，说他是鲁迅的“信徒”也不为过。书稿完成后，我复印一份给何满子先生，希望他能为拙作作序。……因为与何满老并无交往，我不好言明我希望什么样的序。于今，先生的长文，与我的“意中文”正相契合。我觉得，序应该与书稿的内容相关，或者至少有间接相关的内容。现在场面上的一些序，言不及义，有的甚至与原著无涉，说的无非是“今天天气哈哈哈……”之类的废话。求序者是借名，作序者是卖名，无非是一则稍有个性的广告而已。何满老的序，非应付之作，倾向鲜明，笔调生情，且在章士钊后人的奇谈、胡风冤案、周氏兄弟的冲突等问题上，多有直言与新见。我诚惶诚恐，拙作与大序似难匹配，有掠美之忧。客气话也难说，我向何满子先生再表谢忱。

何满老像当年鲁迅爱惜青年一样爱惜我，我将其看作对我的鼓励。此后，我们就开始了书信往来。又过了两三年，我写了关于鲁迅的第二本书《鲁迅：最受诬蔑的人》，何满老再次作序。何满老的两篇序，都收入他的《读鲁迅书》中。过了十年，《鲁迅与他“骂”过的人》《鲁迅：最受诬蔑的人》出修订版，何满老为两书题签。何满老还应我的请求，为我的书房题“钓雪斋”，并书写了柳宗元的《江雪》：“千山鸟飞绝，万径人踪灭。孤舟蓑笠翁，独钓寒江雪。”十多年间，我们的通信未曾中断，肯定有大几十封的。十多年间，何满老出了新书，必会赠我。何满老对我的爱护、栽培，点点滴滴，历历如昨，刻骨铭心。

这些书信，有待日后慢慢找出，细细回味，应还要再做文章。

我经常出差上海，每到沪上，总要给何满老电话，约好见面。我们聊天的话题也广，不是单聊这篇文章所要记述的。何满老死了，还是先记一二“活”的小事。

每次见面，何满老多要请我吃饭，至少有三五回吧。吃饭的地点，就在他的天钥桥住处周遭两三公里以内。饭罢，我要埋单，何满老不允。我说，我是晚辈，理应我来。他说，他工作时间长了，有钱。有一回，我还这么说，这回你是我的作者，我代表出版社请你，这是应该的。他说，你远道而来，是客人，不要拘泥于这些。我们通常是二人对坐，有一回，我带了同事陶某，是三人。何满老点的菜也简单，大约是有肉，有鱼，有青菜，有热汤，一点主食，从不浪费。通常，何满老自己带酒。酒是好酒，五粮液。他说，他每晚喝一两二两，要喝就要喝好酒。他带出来的酒，似乎没有满瓶，也不曾喝完，再带回去。有一回，他兴致较高，有点“老夫聊发少年狂”的情状，说：“我向来不听医生的话，是不戒酒，不戒烟，不锻炼，要骂人。”归纳起来是“三不一要”，那时，他已是八十好几。

春节，我照例给何满老寄贺卡，问平安。往年，他都会给我回一枚贺卡的，今年却没有。我往他家中打电话，没人接。春节过后，我写了一封信，并寄了新书《孤岛过客》等给何满老。2 月 16 日，我收到他的女婿王土然先生的回信，说何满老 2 月 7 日住院，情况不大好，年纪大了，不知能不能挺过去，还说：“目前我们暂时不告知他具体病情，免得他有思想负担。好在这次做的检查，以前住院时也做过的，不致引起他的怀疑。”前些日子，我还往老人家中打过电话，他在吸氧，是何满老的老伴接的电话。

最后一次见何满老，是我上一次去上海，时间是 2007 年 12 月（2008 年我没有去上海，所以我的记忆应该不会有错）。当时，何满老住了一阵子医院，刚回到家中没几天。他说，他现在要不时吸氧，做不了太多的工作了。他伸出舌头让我瞧，很厚，有点灰黑。还说，他这阵子在用中药调理。

我说，没事的，你这么瘦，气色尚好，现在医学十分发达，活到百岁以上的老人不在少数。

他说，你也不要用好话宽慰我了，人一生出来，就被判了死刑，还没有死去，是缓期执行。

人一生出来，就被判了死刑，还没有死去，是缓期执行。

这是我听到的何满老最后的话。从这句不无幽默的话中可以看出，这是一个非常达观的老人。

虽是缓期，也终有执行的时候。我收到讣告，已是5月18日，而何满老的遗体告别仪式已在早一天举行。看邮戳，上海是5月12日17时发信，福州的邮戳是5月15日8时（周五），可我收到信却是周一，即5月18日。

何满老耕作终生，寿终正寝，实是善终。我不知如何寄托哀思，只得“跟着感觉走”，絮絮叨叨，敲下以上文字。

四野阒静，夜已深沉。何满老，一路走好！

2009年5月19日

补记：阴间拜访何满老

二十世纪九十年代中期以后，何满老每出新书，必会赠我。说老实话，因为忙，每本新书，我只看一篇两篇，也就束之高阁了。何满老走后，我从柜中抽出一本百花文艺出版社出版的《何满子杂文自选集》，放在床头，一个晚上读上一篇两篇。

昨晚，何满老跑进我的梦中——也不尽然，或是，我竟然到阴间拜访了他。

我到他阴间的住所。一如惯例，他送我新书，在他的大名下盖了章，还不够，在扉页的边上要加盖一个章，一半章在书的页边，一半章在我送他的一本书的页边，有点像政府机关介绍信盖章——一半在介绍信上，一半在存根上。何满老面有庄容，神情极是慎重，说："此书一定要收藏好，将来你到了这，要是找不到我，或认不出我，这是咱俩的联络暗号。"我像地下党一样，瞻前顾后，见无盯梢，脱下鞋，抽出鞋垫。何满老对书吹了一口气，书立即小成手机芯片一般。我将其藏到了鞋垫下面。

我刚走出屋外，何满老又叫住我，让我稍坐。他在另一本新书上振笔疾书，罢了，附耳道："此书极为珍贵，人间只此一本。"他指着日期神秘兮兮道，"这是我死了以后的日子，此书是我死后送你的，人间不会有二。"我仔细瞅了，果然不错，"何满子"三字下，写着"090712"。他又吹了一口仙气，书再小成芯片。我打开手机盖，将此书藏在手机中。看来，我返回路上，一路检查甚严。我们就此别过。看他神色行状，所有病痛皆去，没了沉重肉身，鱼跃一般，跳回或是飘进镜框，骤然凝固，成了雕像。我对着雕像，一而再，再而三，三叩首。

猛然醒来时，我手上果然还抓着那本自选集，翻开扉页，上书"向东兄正　弟何满子　九七年四月"。我仔细瞧了，扉页边上，并无半个印章，将来黄泉路上，如何接头？阴阳两隔，奈何奈何！

梦中岁月，不知身在何处，今夕何年！

2009 年 7 月 12 日

沉默的人

我在南平读书的时候，黄亚惪是学校广播组组长，我是宣传组组长，这样，我们就有了“工作”往来——我编写宣传稿件，她在学校广播室播出。我打小喜欢舞文弄墨，她告诉我，她父亲黄大铣是一个作家，写过历史小说《铲平王》。她居然是作家的闺女，这镇住了我，仿佛她也是作家的作品，我对她刮目相看了。不久，她把《铲平王》弄来给我看，书里讲的是沙县邓茂七起义的故事，章回体，很热闹，邓茂七有点像后来姚雪垠笔下的李自成。黄亚惠的弟弟“外交部部长”黄华是我的小朋友，据说常在其父面前夸我文章写得好，其父对他说，可叫我来玩。不久，我在“外长”的带领下，到南平东坑公社的黄大铣老先生家做客。那是 1975 年的事，当时，黄大铣是东坑公社的文书。黄华告诉我，他父亲的境况已大有改进，更早的时候，曾经在公社喂猪。十五六岁的我，在会写小说的作家面前，感到手足无措。

我是宣传组组长，这样，我们就有了“工作”往来——我编写宣传稿件，她在学校广播室播出。

黄大铣问我几句什么话，我也忘了，倒是他太太明华阿姨说一些放松的话，让我这个小客人果真放松许多。

黄大铣家五斗橱上挂一首《王十自寿》诗，我看了好几遍，记了下来：“五十上寿自来称，死去不算短命人。半生愧有万字滥，廿载恨无一事成。工农壮志郎当学，马列雄文囫囵吞。光阴荏苒蹉跎过，始信书生最无能。”后来我看他赠送的《自珍集》，不知道是我记错了，还是黄老先生修改了，或是校对出了问题，有几个字不一样了，头两句变成“五十上寿古来称，死去不算断命人”，“古来称”和“断命人”，是我至今依然费解的。另外，“马列雄文”变成了“马列宏文”，“蹉跎过”变成了“蹉踌过”，权当新旧版本不同，在此留下一笔，备考。如今，在下已是“奔五”之人，每当感慨流水无情，时光不再，总会想起“五十上寿自来称，死去不算短命人”这两句颇含沧桑的诗，同时会想起晚年鲁迅在与病魔斗争时常提醒自己的话：“赶快做！”

后来我插队了，记不起是黄大铣还是黄亚惠或是黄华给我寄的《武夷山》杂志，上面写着主编是黄大铣。当时，我是文学发烧友，特别喜欢七写八写。今天想来，那不是写文章，是“编文章”——满是人工斧迹的瞎编。我写一篇就给黄大铣寄一篇，不管有用没用，他必定收到一篇就写一封回信，或表扬或批评，字字实在，句句诚恳（这些书信我都保留下来，有大几十封，如果他的家人有意为他编一本书信集，应该是有意义的事，只是收集起来很费事）。我的文章也不时在《武夷山》发表，有好几回一期还发了两篇。为写这篇文章，我找出旧稿，现读下来，都是羞愧。这也算文章？我很明白，这都是黄老先生对我的鼓励。当时我以为，我是他孩子的同学，他多少是对我有所关照。后来，我在顺昌开过一个笔会，会上，姚林斌等人告诉我，他与黄大铣素昧平生，也是凡寄作品必定收到回信。不论是熟人还是陌生人，也不管这个人是否有才气有灵气，他一律一视同仁。南平三中有的老师发现了后来成为8848老总的“天才”王峻涛，王仿佛成了他们的私家宝贝，呵护有加，而对绝大部分如我一样的“地才”，视若无物。与黄大铣对比，他们既没有平常心，也缺少博大关怀。我做了二十多年的编辑，没有看到第二个人像黄老先生这样实诚。闽北走出不少作者，不论成就大小，都受到过黄大铣的滋养。

二十世纪八十年代初，我出差建阳，去看望过黄老先生，此后再无见面。我参与办的刊物、编的好书，偶有寄他，也通过一些信。他不仅是实诚的人，还是一个沉默的人，不论开会还是面对面谈话，皆无半句闲言。老实说，开始是平淡的，最后也归于平淡，我们所谈，都是文章事，没有其他话。

有一件事是要提的，我到出版社工作以后，黄老先生曾委托我联系他的最后一部历史小说《千秋遗恨》的出版事宜。我所在的出版社是社科出版社，不出小说。我先是联系了省内的一家文艺出版社，因为经济方面的考量，书稿被退回来。后来，我与百花文艺出版社的朋友董令生联系，她读后，极力向领导推荐，领导在出与不出之间犹疑，如此犹疑了一年有余。后来，董令生调任天津另一家出版社任副总编辑，把书稿也带走，还表示要将它与黄大铣的另一部历史小说《白衣卿相》一起推出。选题基本上通过了，但市场上却征订不到印数，竟被发行方面给冷处理了。书稿被折腾了三年，退回到我手中。这期间，黄老先生给我写了几封信，说他生病，不再写东西，这部书稿是他最后的牵挂。我也让他直接与董令生联系，他知道，董令生是尽力了。黄老先生晚年，也已感受到了市场的无情，他在《自珍集》的后记中写道："……出版最为麻烦，因为书稿完成后，碰上出版社讲究经济核算，要求自费出书，因此一搁三四年，最后还是好友……鼎力相助，才得问世。"后来，我叫人将书稿录入，原稿退回，想适当的时候再与别的出版社联系。这部书，若是自费出版，我知道他家人也不会有什么为难，只恐雪落无声，雁过无痕，可惜了一部好书。我相信，如果运作得好，进入正常的销售渠道，它应该会有不小的反响。

查日记，我在2007年1月10日，出差太原，收到亚惠电话，哭报黄老先生噩耗。电话中，我说了几句宽慰的话，随后，发一短信，表示慰问："亚惠：顺变节哀，善自珍重，照顾好阿姨。出差在外，未能亲临黄老灵前致祭，殊为可叹。盼代为焚香，寄我哀思。令尊办刊时期，对我多有帮助，我铭记在心。日后当写祭文，以示耿耿。"

书未出，黄老先生谢世，《千秋遗恨》真成了"千秋遗恨"。

我枉为出版人，面对一本好书却无能为力。我愧对黄老先生。

山西本来就冷，黄老先生的离去，让我心中更添许多寒意。

我想再做一些努力，促成《千秋遗恨》的面世，如果顺利，当请黄亚惠或黄华焚书于黄老先生灵前，我当感块垒落地，如释重负。倘不成，身负“遗恨”，不免苦闷，只能伏乞黄老先生在天之灵谅宥。

便是这样吧，我也相信，出版界终会有识珠之慧眼；便是这样吧，我也相信黄大铣的闺女儿子，会有办法出了此书，告慰他们终生视文学如生命的父亲。

2008 年 1 月 8 日

“又悲又喜的故事”

——怀念魏世英

转眼，魏老先生魏世英去世也已经六年了。这期间，我时不时想写一点文字，以表达对他的谢意和敬意，然而，忙这忙那，写了几百字，没有写下去。

前些天，整理书柜，我发现自己竟然还保存着一整套《当代文艺探索》，翻了翻，隐约可见魏世英的魂魄游走在字里行间。当年，中国文坛“北有《当代文艺思潮》，南有《当代文艺探索》”。“思潮”兴，“探索”盛，正是二十世纪八十年代的精神气质。《当代文艺探索》是不死的，魏世英活在这本刊物当中。

八十年代中期，我初出茅庐，魏世英已经是福建文坛的大佬。他先是当《福建文学》的副总，后创办了《当代文艺探索》，蜚声中国文坛，浩浩荡荡，造就了一批“闽派评论家”。

当年，我认识他，他不知道我。通常，他是在台上发言，我只能远远地聆听、仰望。

除了办刊、搞文学评论以外，魏世英偶尔写杂文。印象中，他的杂文是作家的杂文，不少是文艺随笔，形象可感，不像纯粹的杂文家，思辨大于形象。几次听他说话，大约都是在有关杂文的会上。他干瘦如柴，蹙眉冷眼，神色凝重，满脸沧桑，长得确实很像杂文。

第一次与魏世英搭上话，就关乎我的人生大事。

八十年代末，我所在的一家综合性月刊被“停刊整顿”，复刊遥遥无期。我进入“退休”状态，基本上无事可干，好在犬子如期而至，老汉在家相妻教子——天天为刚出生不久的儿子洗澡，做操。

某日，台湾饭店开了一场海峡两岸作家的座谈会。会开一半，台湾饭店的老板（也是作家）冯秉瑞对我说：“老魏（魏世英）叫你出去一下，他有事找你。”

我走出会场，魏世英和我握手，诚挚地笑道：“知道你，今天才对上号。”我以虔诚的态度说，我老早知道魏老师，但是没有机会搭上话哩。

魏世英直奔主题：“你现在没事干吧？”

我说：“是的。”

他说：“要不要调到省文联，我们一起办刊？”

诸位看官，这可不是一件人生的大事吗？

他告诉我，他主办的《当代文艺探索》停办了，要改名为

《文化春秋》，由理论刊物变成纪实刊物。我写报告文学，也写杂文、散文，刊物需要我这样的人。他还对我说了改刊的原因，强调海南也有一本纪实类的刊物，办得热火朝天，省文联也想有所作为。

看来，魏世英平时有关注我。被前辈关注，我心存感激，虚荣心也得到了满足。

我所在的刊物“停刊整顿”后，曾经有一家大刊的老总要我。报到主管部门时，主管领导说：“某某刊的一个也不要！”如此，我只能继续“下岗”。

当时，我如丧家之犬，切实体会到了鲁迅说的“乏走狗”的滋味。走投无路，不知西东。困厄之中，天门大开，并不相识的魏世英向我伸出了拯救之手、温暖之手、赏识之手，这真乃雪中送炭啊！

我喜出望外，感激涕零！自然，立马应允，说能去省文联工作，能到他麾下效力，是我的荣幸。

当时的省文联领导许怀中对魏世英非常尊重，马上同意，立即外调。

天上掉馅饼，工作调动竟可以这么简单，今天看来，简直不可思议！

可惜，我与文联无缘，真要走了，我所在单位的主管领导不同意放人。我用不容置疑的口气对她说：“我非走不可！”领导见我去意已决，说：“要走也行，要等新刊办了三期后才可以走。”她说我是新老交接的人物，要我“扶上马送一程”之类。当然，这是客气话。话说到这一步了，我还能怎样？可是，现在不让走，过了这一村就没了这一店，将来谁扶我上马，谁送我一程啊？

1991年吧，新刊面世，洒家开路。《文化春秋》也短命（后来也不是魏世英操办），没办几期，又停刊了，改为《散文天地》。我错过了在魏世英麾下效力的机会，到了一家少年儿童出版社，编童话与科幻，上穷碧落下黄泉，满脑子奇思妙想。

落魄之际，一个素不相识的人向我伸出了援助之手，我们交浅情深，不管事成还是不成，此生定是刻骨铭心，没齿不忘。

魏世英的风范足以楷模洒家。后来，我参与招聘大学生应有十多次，面对求职者，都会想起魏老先生，提醒自己应该怎样面对陌生人。

此后，老魏忙，我也忙。我又不爱参加文坛的各种活动，在文人圈中摸爬滚打几十年，还是不习惯与文人一起谈文学。文人聚在一起，是不是有点假啊？是不是有点酸啊？哪怕是出汗吧，文学女青年出的是香汗，而蠢笨如牛者，出的则是臭汗——这是读鲁迅《文学与出汗》的结果了。总之，我们见面的机会很少。

魏世英退休以后，有几回文坛中人邀宴，我们又聚到一起。他说，他可能要出两本书，一本是他还没有写完的长篇小说，一本是他的散文集。他不想在福建出书，问我有没有可能帮助联系省外出书。我说，我会尽力的。后来，他没再提起这事。我也没多问。

在我心目中，魏世英既是作家、评论家，也是老编辑。他做过许多栽培人的工作。他主办的《当代文艺探索》，哪个“闽派评论家”没有在这本刊物亮相过？魏世英是这样一种文人，大音希声，他有大好文章，却没有大名，没有浪得虚名。况且，他又不善于也不屑于宣传自己，包装自己。读者可以到网上搜搜看，关于魏世英的文章，可以搜到的就是何镇邦的《读〈悲喜春秋〉忆故人》一篇。真是“寂寞身后名”啊！出版不景气，业内人士比文坛中人更清楚，要推销他的作品，还真有难度。

2012年年底，我邂逅作家出版社的黎云秀，我们谈起魏世英的长篇小说《又悲又喜的故事》，她说在她这耽搁已有时日，恐怕难以出版。我问原因，主要是写了福建“城工部”地下党，这是一个敏感的话题，需要专题送审。如果送审，就不是出版社所能把握的了。

事有凑巧。不多久，魏世英给我打电话，让我去见他，谈的果然是这部书。他实话实说，原希望在作家出版社出，平台大一点，影响或也会大一些。现在看来作家出版社不行了，拖了很久，一直下不了决心，希望我能帮助出版。他说：“这是我一生唯一的长篇小说。书中有自传的成分，有我的影子。这十几年，我一直断断续续地在写这部书，可以说是我的人生总结了。廉颇老矣，唯有此事未了，实在是最后的牵挂啊！”话中带有颤音，可见用情太深。我当即表态说，我一定尽力，但“城工部”确实是让人头疼的问题。我说，我请一个这方面的专家看一遍，再报

魏世英是这样一种文人，大音希声，他有大好文章，却没有大名，没有浪得虚名。

告最终意见。

这是一本八十多万字的大著。写的是抗日战争后期与解放战争时期中共闽浙赣区（省）委“城工部”领导的地下斗争以及解放战争时期福州地区的学生民主运动，书中确实充满自叙传的色彩。当时，我还在社长任上，诸事猬集，无法通读全书。我抽看了若干章节，文字干净而且从容，内容都是作者生活经历的结晶。老实说，比场面上的所谓名家，不知要好多少倍！这毕竟出自《福建文学》和《当代文艺探索》老总的手笔，而且是他的“独生子”。这不是墨写的书，而是从血管里流出来的血，字里行间，都是时代波澜，岁月沧桑，生命体验。

我下决心出这部书。

当年，我所在的出版社汲汲水养汲汲鱼，八十多万字的大著，好歹得有不少的投入。说实话，这书是“小众化”的，要畅销，要不赔本，几无可能。

作为“当家人”，我想为魏老先生争取省里文艺基金的资助。我甚至私下已经与有关领导沟通，他们表示，像魏老这样的离休老干部、福建文坛的老将，当然应该给予支持。

我把这意思对魏世英说了，并问，不要他出面，我来与有关部门、有关同志协商？魏世英听了，先是沉默，后是摇头，只说了一句题外话：“我退休以后，就没有再麻烦过文联……”

我听说，他退休之后甚至没有再进过老单位的门。我没有退休的经验，但魏老的行止是我需要效法的。

我明白了。他是个性很强的人，我只好不再运作。

后来，是他女儿出了最大的力，使得他的书得以出版。我猜测，魏老可能还不清楚这一点。

原书名叫《又悲又喜的故事》，我觉得稍长，建议改成《悲喜春秋》，魏世英欣然接受了。

魏世英的老朋友何镇邦得知魏世英去世，向我索要这部书。何镇邦还为魏世英和他的书写了一篇纪念文章，发表在《光明日报》上。何镇邦说："……作为这一历史事件背景的福州民俗风情以及关于秦家这一颇有巴金的《家》之艺术韵味的破落大家庭的描写，作者的笔墨似更自如，它所蕴含的闽都文化也有不可或缺的意义，应看作福建新世纪以来长篇小说创作的重要收获，不会也不应被湮没。"何镇邦的意思，魏世英的笔墨要比《家》更自如。这是蛮高的评价。我甚至觉得，魏世英的叙述语言，要比《家》更好。

怎么让魏世英的这部书不被湮没呢？怎么重新发现这部书呢？黄钟毁弃，瓦釜雷鸣，这确实是一个问题。

我请了一个既是福建党史专家又是"老福州"的老先生审读此书。他竟和魏世英交上了朋友。他边审稿边和老魏聊天，探讨相关问题，闲聊风土人情。他们聊得很深入，很开心。老魏对我说："你为我找了一个谈话对手！"我的这位专家朋友，因为妻子瘫痪在床，审稿的时间拖得有点长，因而书的出版时间也拖得比较久。

负责审稿的专家朋友告诉我，魏世英的书是魏老一生的心血，直到生命的最后时刻，他都在反复修改、校对这部书。这一点，魏世英的老朋友、老同事季仲在回忆文章中也给予证实：“这期间，我造访魏府，每每见老魏弓着背、弯着腰、戴着老花眼镜，坐在电脑桌前，锲而不舍地敲着键盘。直至离其生命尽头前数月，这部八十余万字的《悲喜春秋》才出版面世。”

魏老先生的另一个朋友对我说，他生命的最后日子，全神贯注在《悲喜春秋》上。书出版了，他把书送出去了，觉得无所挂牵了，所以，他松弛下来，就走了。

季仲先生说，老魏是死于老病，属于寿终正寝。并说，他是一个思想很开放的人，很是可惜了！

《约翰·克利斯朵夫》中的安多纳德，当她把弟弟抚养成人后，就松弛下来，很快就多病并发，走了；我结婚后的一周，我多病的祖母就去世了；我退休前，一个老同志，也是捱到他一生中最后一本书后，就辞别了……

我想，如果《悲喜春秋》迟两年出，干瘦的魏老也许还会多活两年？这是他一生的心血啊！他的一生真是“又悲又喜”，这在他的书中多有记载，小文难以复述。

2020 年 12 月 9 日

“大虫”出门，去了……

——怀念俞月亭先生

这个月 18 日的日记里我写了这么一句话：“窗外不时听到鞭炮声、鼓乐声，一起又一起送葬的，一到深冬，很多老人熬不过，就走了。”

几年前，“门虫文丛”的老友沈用大是这个时节走的，没想到，“门虫文丛”的另一个老友俞月亭，前几日也走了。

和俞月亭认识，是很年轻时候的事，具体是二十世纪八十年代的哪一年，我记不清了，只估摸记得是八十年代末吧。当时，他是福建电视台的台长，办了一个相当于早期《焦点访谈》一样的节目《新闻半小时》——他们的节目可是早于《焦点访谈》面世——这节目程鹤麟是主将，多是批评，很另类，很轰动。有一期节目批评了上游造船厂的厂长林长平。省船舶公司的领导郑重很不满，让工人刊物《生活·创造》出面交涉，我为此拜访了俞月亭。关于林长平往事，再提也没有什么大意思。林长平应该是有毛病的人，但更是有大作为的人。后来，我与电视台的记者林明华合作写了一篇赞美林长平的报告文学《顶风争上游的人》，算是为小风波画上了一个句号。

初时与俞月亭交往，显然是公事公办，他是电视台的头，我是一个小记者，只能就事论事。说实话，虽然我们认识了，但并没有深交，最多只能算熟人。

俞月亭手下有办事的人，吴文成、吕祥贵或是干将？他们与我年龄相近，交往更多。吴、吕在《聊斋志异》剧组行走，我听他们说了不少俞月亭的宏图大志。当时，俞月亭决策拍《聊斋志异》，声音不小，反响更大，听说拍完《聊斋志异》，还要拍《三国演义》或是《水浒传》。电视台，是强力部门，俞月亭又强力做事，我对他需要仰视才行。

和老俞成为朋友，那是他垮台以后的事了。同是天涯沦落人，曾有一度，我们无话不谈。

俞月亭和尤廉是老朋友，我和尤廉是老朋友，于是，我和俞月亭也成了不很老的朋友。我们仨都是爱书之人，那时的俞月亭成了闲人，我们有好几回相约淘书，多在当年一家叫“归去来兮”的书店，这家书店老板曾经是一个风云人物（此处按下不表），我们在书店相谈甚欢。记得有一次，俞月亭翻看《冰心全集》时，翻到里面的“吃酒”二字排成了“吃洒”。他批评了我们出版界的粗疏。当年，我还不在这家出版社工作。在俞月亭狠里，好像这“洒”字是我的过错。买书时能挑出错别字，可见，那段日子，我们多么消闲。

听说，上头似乎考虑让他当什么协会的会长之类，他断然拒绝了。是的，一切会长都是“维持会长”，有什么好当的？

与俞月亭关系热乎起来，是2000年我主持“门虫文丛”一事之后。当年，作家出版社的社长张胜友是我的朋友，他还在《光明日报》的时候，我为他写了一篇采访文章《胜友老兄》。我请他支持我们六个福建作家做一套书，他欣然应允。这六个人是我选定的，这丛书名经过几回论证，各有见解，最后是我敲定的。我用的是鲁迅的拆字法，鲁迅《且介亭杂文》中的“且介”二字，是“租”字出一半，“界”字出一半，意谓这是在租界里写下的文字。我说，我们都是福建人，把“闽”字拆开，就是“门虫”，表明是福建的写作者；另外，我们福建省内的爬爬虫，也想走出福建之门呀！“门虫文丛”被大家所接受。俞月亭加盟的是他的《“七君子”案件》。

后来我才知道，俞月亭不是福建人，他不像我，是门内的爬爬虫。他是浙江人，误入空门，也成了门内之“虫”。不过呢，能混上电视台的台长，那一定不是爬爬虫了，是“大虫”。什么是“大虫”，想想武松打虎。

俞月亭先是在福建日报社工作，后来回到浙江某大学，创办新闻专业，成了教授。他还真是学者型的新闻人，出过好几本关于邹韬奋的专著。后来，一个据说是他同学或是老朋友的高官，爱才心切，把他召唤回闽，成了电视台的台长。

俞月亭是回来干事的，事没干成却折翅了。可叹！

成为好朋友的标志之一，就是可以一起发牢骚。“门虫文丛”出版以后，我们“六门虫”，有时候是三五“门虫”，不时一起聚聚。俞月亭是一个严肃的人，一般的瞎扯，他往往接不上话茬。但是，他如果说话，一定是一个完整的话题。他本质上还是一个学究。他的牢骚也具有周密的逻辑性。只可惜，这些话题此时还真不好写。

花开千朵，单表一枝。一次，他谈到，他这个台长，真是当得苦不堪言。他桌面玻璃下面，是五套班子排座次。这是水浒遗风，一百零八将，安敢胡乱摆设。谁前谁后，如果是一套班子，还相对简单，如果是几套班子交叉，那学问可就大了，足以让博士后搞一部《座次学》。有一回，一个老同志手拿秒表找上门，气势汹汹，说他和某人一起参加革命，级别一样高，可是，他在电视上露脸的时间是二十二秒，他为什么才十八秒？！俞月亭能说什么？他得说什么？他说出的话，是可叹孰不可叹！他苦着脸道：“每天每天，都要面对诸如此类的问题。”是啊，这确实是高难度工作。当我面对“鸭子下水要不要穿游泳衣”这样的问题时，我想到了俞月亭“十八秒和二十二秒”的风波，我释然了，还好还好，我只是面对鸭子问题。是的，既然垮台了，还当什么会长！俞月亭不干，自有道理。“躲进小楼成一统，管它冬夏与春秋”，俞月亭的精神气质里有“七君子”。“七君子”是些什么

俞月亭是一个严肃的人，一般的瞎扯，他往往接不上话茬。但是，他如果说话，一定是一个完整的话题。

人？“七君子”傲然于历史的风尘口，可不是伪君子！

俞月亭后来让我帮他出一两本书，其中一本是《烟消云不散》，记录了一些他亲历的事。显然，难以出版。我是这样对老俞说的：“你自己当过台长，就不要我多解释了。”我们握手，苦笑。后来，此书在可以出版的地方出版了。

在我任上，俞月亭出过《龙江英雄谱》，这是宣传部安排的活，是主旋律一类的作品。不过，俞月亭写这样的作品，可见他是正统的唯物主义者，他的立场是人民的立场、平民的立场。如果在旧社会，他就是对阿Q、祥林嫂怀有恻隐之心和悲悯之心的人。所以，他才会写歌颂劳动者的《龙江英雄谱》。

同在一城，我们并不常见面。三四年前吧，我和宋志坚一起去看过他。这竟是我们的最后一面！这也可见我的不重情谊了，惭愧！

他家没有电梯，他已经不能下楼。他的家是二十世纪八十年代的老房子，大约是预制板的。他是我见到的住房没有装修的第二个人（第一个是四川的龚明德），交房时的门还是那个门，客厅的地板是水泥上了咖啡色的漆，漆已经脱落，露出灰色斑点。房间是十多厘米长的那种拼木铺的。他的穿着也是八十年代的，还披着军大衣。这年头，再难找到他这样的“黑白照片”了。

我一直觉得，俞月亭重回福建是误入空门。福建的“虫”往外爬，想成龙；他浙江的“大虫”却爬进门内，差点真成了“虫”。虽是调侃，我坚信，他如果留在浙江、留在高校，一定会有更大的成就，也会活得更愉快，至少不要为十八秒与二十二秒而劳心费神。

前三五天吧，与两三个电视台的主持人茶叙，没什么话说，我没话找话地说起俞月亭，他们闻所未闻。人就是这样，在被新人淡忘中渐渐老去。没想到，俞月亭也就在前几天走了。

“门虫文丛”的“六门虫”，沈用大先走了。尤廉中风后有点老年痴呆，保姆扶着他散步，我碰到他，他只傻笑，竟认不得我。现在，俞月亭又走了……我书房前有一棵银杏，深冬时候，金黄得炫目，可是，时间到了，纷纷凋零。这让我想起一句适合老俞的话：生如夏花之绚烂，死如秋叶之静美。

俞月亭像秋叶一样静悄悄地凋零。据宋志坚在微信朋友圈说，他女儿已经把他的骨灰送回老家，“大虫”出门，走了……

出版的最高奖是韬奋奖。俞月亭写过《韬奋论》《韬奋论编辑工作》《韬奋写作技巧研究》等，他是邹韬奋研究的专家。这些书他都送了我，说实话，我都没看。现在老俞走了，这庚子年，走了好几个亲朋故友，我是不是有点漠然？“门虫”中的小弟我也退休了，也有了读书的时间了，读老俞的书，可能是最好的怀念。

老俞啊，你还活着，读你的书就是和你叙谈啊！

2021 年 1 月 21 日

穿越者

——追忆叶永烈

我怎么认识、什么时候认识叶永烈的？这得扯点题外话。

我没有到闽少社工作之前，社会上正兴“寻根文学”“反思文学”……那时我年纪轻，常写杂文，看上去似乎忧国忧民，整天皱着眉，苦着脸，不会笑，用今天的话说，就是“酷毙了”。

后来，三十出头吧，我开始了与科幻、童话为伍——我一直以为，这是我一生中非常庆幸的事。我小时候没有童话可读，更别说科幻了，我读的童谣是“红豆豆、白心心，妈妈带我去相亲，荣华富贵我不要，我要嫁给新四军”。所以，在闽少社参与责编“童话列车丛书”“科幻列车丛书”以及“世界科幻精品丛书”等，是对我的一次洗礼。我今天一切的怪诞或是胡思乱想，以及胡言乱语，都是源自闽少社的八年工作经历。

上海人民广播电台的庄大伟是我们的童话作者，他的《超级马利》是我责编的。一次，我出差上海，他请我吃饭。饭后，我在他办公室闲聊，他说，下午叶永烈会来做节目。这是1996年前后的事，我查日记，叶永烈是1997年才出现在我的日记中。我当时有点兴奋，倒不是读过他的名著《小灵通漫游未来》，那时我还没读这书。我在《中国青年报》上读过他的科幻作品《飞向冥王星的人》，当时是一整版刊登。世上居然有这样奇特的作品，读得我目瞪口呆。这下，能见着真人，幸甚幸甚！

我向庄大伟表达了想见叶永烈的意愿。我们就这么认识了。

叶永烈做完节目以后，我们仨闲聊。初时，我插不上话，呆坐在那，想的是怎么向叶永烈约稿，编辑嘛，总是功利的。后来，不知怎么扯，他扯到了梁实秋和韩菁清。叶永烈很欣赏梁实秋，当时已经出版了他编定的《梁实秋韩菁清情书选》，还写了关于梁韩爱情的长篇报告文学《倾城之恋》。庄大伟很有上海人的机灵与善解人意，他对叶永烈说："这位房向东写过《鲁迅与他'骂'过的人》，对梁实秋也是熟悉的。"叶永烈似乎有点偏爱梁实秋，对鲁迅与梁实秋的争论有点不以为然。我是讨厌梁实秋的，我说了我对梁的观感。叶永烈当时还想写《梁实秋传》，所以很认真地听我说。他一定不认同我的观点，但很有涵养，一句也不批驳我。罢了，我呈上名片。他没有名片，把电话留给我。

过了很多年以后，我想，还好那天没有向他约稿，如果我也像一些年轻编辑一样，一开口就说：“叶老师，有没有什么新著支持我们？”叶永烈肯定只是笑笑道：“哦，谢谢，谢谢。暂时没有。”向作者约稿，特别是向名家约稿，首先应该成为他们的朋友，成为他们的“谈话对手”，成为他们信赖的人。后来，我们见了几次面，都没谈约稿的事。和谈恋爱一样，约稿这样的事太立竿见影、直奔主题，往往效果不好——这是题外话了。

他早期的家在体委宿舍，体委宿舍住着好些个世界冠军。一次，他送我下楼，看见一个捡垃圾的人在垃圾桶里乱翻。他说，因为这里住着好几个冠军，捡垃圾的总想翻出宝贝来。他把来信的信封扔了，也有人捡去收藏。所以，他从国外买了粉碎机。当时，国内或许还买不到粉碎机？反正，他是这么说的。

我每去上海就黏上叶永烈。也不知道是第几回见面，我们开始谈选题。我介绍了闽少社在科幻方面的作为。他都知道，他说：“你们社是出版界的科幻重镇。”于是，他决定把他主编的“中国科幻小说世纪回眸丛书”交由闽少社出版。

叶永烈是涉猎非常广的人。中国科幻的第一部作品荒江钓叟的章回体小说《月球殖民地》，也不知道被他从哪里给淘了出来。这部小说标明，中国科幻的起点在1904年。

“中国科幻小说世纪回眸丛书”可以说是将中国科幻的优秀作品应收尽收，是第一次中国科幻的集体展示，是中国的“科幻大系”；不仅有科幻场面上的人物，也收录了大作家老舍、许地山等人写的科幻；专门有一卷“港台卷”，收录了安子介、张系国、黄海等人的作品，殊为难得。

叶永烈编书的态度极为认真，他写了五六万字的长序，这序被称为“中国科幻简史”；每一卷的前面都有“说明”，叶永烈对所选作品进行点评。

“中国科幻小说世纪回眸”被科幻界称为“中国的‘科幻之路’”。“科幻之路”丛书也是闽少社出版的，是美国的冈恩先生主编、郭建中等人翻译的，是美国高校的科幻教材。

大约是 1997 年的冬天吧，上海下着冻雨，一粒一粒的雨落到地上就是米粒一样的冰。上海这鬼天气，阴冷，冷到骨头里去。我和叶永烈拖着两个行李箱的书，到一家复印店复印他选定的篇目，从早上，一直复印到晚上。我请他回去，这样的活儿我来干就行。他笑笑，从头到尾陪着我，或许也是陪着他那些难得的资料？

我要走时，拖着一行李箱的书稿。以前，他都只是送我到他家楼下。这次破例，他一直送我到民航班车候车处，直到车启动了，才回。他把一箱的书稿托付给我。这一箱的书稿，大约是陪伴他科幻写作的全过程？当年我年轻，觉得叶永烈是在送他的书稿。这至少说明叶永烈很看重他的这箱书稿，很在乎这套丛书。

在书的编辑过程中，我和叶永烈多有往来，多有闲聊。由此我知道，他当年就拥有三部电脑。他把我带到他的工作室，说这是 286，这是 386，这是 486。286 的电脑他还留着哩。他妻子杨惠芬是他的助手，386归她用。他的很多资料是杨惠芬帮助录入的。签名售书，叶永烈忙着签名，杨惠芬忙着盖章，男耕女织，像是流水线生产。他的妻子一看就是那种大家闺秀与小家碧玉集于一身的人间难寻的佳偶。我们闲聊时，杨老师微笑着不时添茶，但绝不添一句话。叶永烈每次外出，她必然陪伴在身边。2000年，我主办的《世界科幻博览》创刊，当时我们在武夷山开一场研讨会，叶永烈偕妻前来，留下很多印象深刻的相片。她是无我的忘我的。我不解的是，叶永烈似乎和他妻子并排工作？这样怎么工作？不会走神？不会互相干扰？总之，我要表达的是，他们是人间仙眷。

《世界科幻博览》聘请叶永烈当顾问，他还请来了好几个海外顾问，为我们助阵、壮势。我曾问他要付多少钱。他说不要了。每次出他的书，我们商量稿费时，他总是一句："按你们的规定办。"在业内，很多出版社出过叶永烈的书，我从没听说过他有什么稿费、版税的纠纷，报刊上也没有这方面的报道。他实在是一个恬淡平和的人。有一次，我们聊到《小灵通漫游未来》，他说到一个掌故，这事科幻作家郑军兄有记载，我还是用他的文字吧："九十年代中期，移动通信开始起步。当时中国电信没有移动牌照，就想搞一套低配版的市内移动电话。合作企业斯达康找到叶永烈，希望能得到授权，把这种手机称为'小灵通'，获得作家本人同意。后来，小灵通在全球赢得一亿用户，仅国内就有五十多个行业有人注册'小灵通'品牌。于是，有好事者专门计算了它的品牌价值，据称达到5.4亿元。虽然叶永烈并未收到这笔钱，但他可以算是科幻界品牌输入的第一人。”（《叶永烈，我的精神导师》）叶永烈对我是这么表达的：“获得我的授权以后，他们就没有踪影了，我也没有找他们。”有律师表示，可以帮助打官司，多少可以获得一些的，而且应该颇为可观。叶永烈说了两个字“算了”，就真的算了。人间多少事，勿争，莫纠缠，算了，也就算了。写这文章时，我已年过花甲，从“算了”这平白的二字中，品出了人生的况味。

1998年年底，我到福建人民出版社（下称“闽人社”）工作后，叶永烈把他新写的五十万字的纪实文学作品《是是非非“灰姑娘”》给了我。我查日记，忆起这本书的出版有不少波折，多是纯粹的出版实务，记在这里没有太大的意思，以后另写文章吧。《是是非非“灰姑娘”》出版后，叶永烈把另一本写“文革”人物王力、戚本禹等人的纪实作品《出没风波里》给了我，我们老社长是“文革”过来的人，对“文革”了然于胸，很想出，但终因种种原因没出了。后来，这部书由人民日报出版社给出了。闽人社创办《世界科幻博览》月刊，叶永烈是主要支持者，他为我们召集起国内外科幻发烧友，当年，小热闹了一阵。这也是出版实务，以后再说吧。

2018年10月22日前后，我在徐家汇附近开会，这地方离叶永烈天钥桥路的家比较近（天钥桥路我常去，住着叶永烈，还住着何满子）。我和叶永烈约好晚上八点到他家闲聊。查手机相片，我是当晚十一点才离开的，当天的日记，只记着这么几句：“饭后步行往叶永烈家，十多年不见，他说我胖了许多。他和他妻子也老了许多。谈‘百年回眸’事。他提议一起拍照。走时，送至楼下。”我和叶永烈拍过几回照，最初拍照是我提议的，当时洒家还有不少头发哩。这次再见，却是秃驴一枚了。没有想到，这次见面是最后一次见面。那天有点巧，拍照时我们都是穿草绿色的长袖衬衫，我不经意间发现，叶永烈高我十几厘米，应该是一米八左右，年轻时绝对是帅哥。

那天倒是谈了一件正经事，省外一家出版社想重新出版“中国科幻小说世纪回眸丛书”，委托我与叶永烈谈谈。我说了这事，叶永烈说，他也正有此意，并说到最后两卷应该如何增补。

我在推动此事。2019 年 1 月 6 日我给叶永烈去信，谈了出版社的意见。叶永烈微信回复：“向东兄：信函收到，非常感谢，一切由您定即可。我从美国归来，积劳成疾，目前正在住院。出院之后即告。永烈。”我回话说，身体健康最重要，书稿修订的事以后再说吧。到了 3 月 8 日，叶永烈微信道：“出院回家半个月，又要住院。书稿，您决定即可。”这期间，我们往来的微信还有十几条，多是我问候他。有一阵子，他身体稍好，还给我发了几篇与他有关的文章，比如他新发表在《新民晚报》上的《我的科幻电影梦》。

2019 年 11 月 25 日，我给叶永烈打过一次电话，本想从北京返程时到上海看望他。他接了电话，“哦哼哦哼”地说不出话。

我不经意间发现，叶永烈高我十几厘米，应该是一米八左右，年轻时绝对是帅哥。

知道他得了大病，我即发微信慰问。我听到叶永烈最后的声音，就是他拿着手机的“哦哼哦哼”声。

叶永烈走时，我就想写一篇文章，种种原因吧，没有写成。这次下决心写，确实是因为不那么忙了，心下悠了。我们相识也将近二十五年了。他对我支持甚多，尤其是对《世界科幻博览》的支持。叶永烈走后这几个月，我与科幻界大佬吴岩、姚海军商量，我们决计要把“中国科幻小说世纪回眸丛书”重新做好，以告慰这位“中国科幻之父”。

为写这篇文章，我一是查日记，二是看网上相关资料。有一篇关于叶永烈告别仪式的文章，说是在叶永烈灵前排座次，贴椅签。这确实是奇闻。另外，关于叶永烈的生平介绍，他们只想纪念叶永烈的科普科幻，淡化叶永烈的历史纪实。叶永烈像水上的皮球，这边被摁下去，立即从另一边窜出来，也是“出没风波里”。

叶永烈死得冷清，据报道，虽然有很高规格的退休领导（前总理）送了花圈，但到场的领导规格却非常之低。问题是，为什么要以多大的官到场来定规格呢？

何满子说：“谁记得神圣罗马皇帝？但人们永远讴歌但丁的《神曲》；谁记得詹姆斯一世或伊丽莎白女王？但莎士比亚却永远是英国人的骄傲；谁记得魏玛大公和维也纳神圣同盟的各国帝王们？但歌德却光耀奕世。”谁记得这个长那个长？叶永烈的科幻穿越到未来，叶永烈的纪实穿越到历史，他就是一个两头穿越的永不疲倦的穿越者。叶永烈一定活在他的作品里。

我看的叶永烈的第一篇作品是《飞向冥王星的人》。我觉得，叶永烈此时或许还在飞向冥王星的途中，那是他的安魂之所。

2020 年 12 月 18 日

又见零落

今天，我突然在久违的宋恒的公众号里，看到他孩子发的消息：宋恒二十五日（农历正月十四）凌晨走了！

我嘀咕一句："难怪下这么大的雨！"同时，脑子里冒出古人的诗：亲友多零落，旧齿皆凋丧。可不是嘛，这一两年，我周遭六十岁上下的，走了好几个哩——李晓燕，小我几个月；张杰，大我几个月……还有吕纯晖，也只大我两三岁！

宋恒是我二十年的朋友。因为他，我有了一段传奇经历，这是我一生不能忘的，但在此时，不好说这些，不说。

宋恒当教育局副局长时，我主办《素质教育博览》。他为我鼓与呼，为刊物的立足出了大力。我所在的海峡社和人民社，都出过他的书。他是有大才而无大名的人，笔名"南强"。现在说他的成就，也没意思，不说。

宋恒知青出身，又是作家，我们同在闽北，还是酒友，真是难得的臭味相投的肝胆兄弟。酒家已远红尘，相伴唯有书与树。宋恒又去，我有一壶酒，谁人堪对饮？谁人慰红尘？

查通话记录，2020 年 12 月 17 日下午 3 点，我们通过电话。那天，宋恒的小老乡林园长来看我，我突然想起宋恒久无音信，就给他打了电话，问他身体怎样。他说正常，老毛病。看不出有什么异样。才一两个月，他就匆匆去了异处。

我搬新家时，宋恒曾送我一件蓑衣。我知道，现在这东西不好找，用钱也难买到原大的。他看过我写的《我的铠甲》，知道蓑衣对我的意义。现在，这件蓑衣高挂在我的客厅。宋恒兄，以后，我见蓑衣就会想到你，见蓑衣如见你啊！

宋恒兄，你怎么不再挨一天呢？以后，你的亲友在十五时，都会想起你是十四走的。十五月不圆，还下雨……路上可泥泞？兄弟，走好。

2021 年 2 月 27 日

伤逝

一

我读小学的时候，一个童年的小伙伴去游泳，被水淹死了。他叫什么名字，我现在竟想不起来，只记得，一夜间，他的母亲仿佛成了他的外婆，满头飞雪。

二

我曾经的同事陈效东育有爱女园园，患先天性心脏病。园园长得胖胖圆圆的，超重，遵医嘱，平时不能多吃东西。十二三岁时，除夕的夜，她在外婆家，多吃了一些，在三十与初一交际、夜已深沉之时，倏然病发，弃世仙去……她死于童年与青春过渡之时。

一夜间，他的母亲仿佛成了他的外婆，满头飞雪。

此后，每年的除夕，爆竹声声，喜庆日，都是她爹她妈的肠断时。

三

我插队时的难兄难弟孙延军，平时我们叫他“小军子”。1979年底我们一起招工进了福州军区南平一家工厂，那是生产枪炮的兵工厂。一天，在给冲锋枪装箱时，他从身后随手拽过一支，结果枪响了，子弹打中了他的屁股——试枪的时候子弹没有退干净——被送往医院的途中，他说：“哎呀，好痛啊！你们没有被枪打过，不知道有多痛啊……”这是他留在世间的最后一句话，此后昏迷。到了九二医院，孙延军血尽而亡，年方十九。

四

在兵工厂时，我是工模具钳工。我们小组有一个二十五六岁的年轻师傅叫苏雨，他是福州军区的干部子弟，英气逼人，用今天的话说叫长得帅呆了。一天上午，他抱着未满周岁的孩子喂牛奶，他的妻子到食堂打饭。妻子回来时，只见苏雨头一歪，断气了——急性胰腺炎发作。他的妻子极爱他，发誓不再嫁，剪下一撮头发，放在他的骨灰盒中。至今苏雨也死了二十七八年了，后来我到了福州，他的爱妻有没有改嫁，不得而知。他的女儿，也该出嫁了吧？

五

1981年，我从南平兵工厂调到福州兵工厂，在工厂政治处工作。当时，搞企业整顿，工厂成立了一个整顿办，由政治处副主任朱建红当整顿办主任。叶锡挺、何木基，还有我，是整顿办成员。朱建红脸很臭，少年得志，不讨人喜欢。一天半夜，他心肌梗死，他的妻子就是医生，也没救活他，死时年方三十五岁。第二天，我们整顿办几个人为他守灵。叶锡挺对着他的尸体说了一句不够厚道的话："你看他平时多神气，现在就躺在这，让我们守着。"叶锡挺是一个军长的儿子，说话如顽主，可以理解。后来，叶比朱更神气，当了厂长。和越南不再打仗，铸剑为犁，兵工厂没事可干，就在叶厂长的任上衰败。虽然同城，我1985年离开工厂后，与他一直未能谋面。听说，他已退休了。

六

几天前，我曾工作过的出版社同事管雷，看电视时，脑血管破裂，立时毙命，年方四十六。他死前几天，我们还在一个会议室开过会。我与管雷无深交。他调到厦门出版社前，在我办公室里坐，当时小雷也在。我开了一个玩笑："小雷，管雷调走了，这下你自由了。"现在他死了，走得更远了，愿小雷与管雷一样，从此获得彻底的自由。

生有何乐，死亦何悲？死是解脱，留给亲人的却是无边无际的思念，还有痛苦。

除了留下这些苍白的黑色文字，我没有什么话要说了。

写到这，我感觉有一股阴森涌上心头，毛孔竖了起来。许是夜深了，夜气袭人？或是阴魂站在身后，看着我敲以上的文字？

2008 年 6 月 14 日

第三辑

无声的落叶

就像树上掉下一片树叶，我如兄长一般的童年伙伴依斌，他竟默默地死了。几缕青烟，化为乌有。我的童年仿佛也随着青烟袅袅地远去，远去。旧事虽然模糊，然而，我忘不了你，依斌，我童年的“老伙伴”。

之所以称其“老伙伴”，是因为他比我整整大了七岁。

依斌，是一个野孩子，天天光着脚丫子，瘦削的脸上生就一双看上去很大的眼睛，眼睫毛长而卷，给人聪明伶俐的印象。可是，他读起书来，笨得出奇，留了三次级。读书之苦，苦煞了这个不会读书的人。他母亲望子成龙，常常赶着他上学，看着他坐到座位上了才走。但是，往往他母亲刚走，他就从教室的窗户跳出。老师没奈何，摇头叹道：“朽木不可雕也！”

然而，小时候，我却极佩服他。玩起弹弓，弹飞鸟落；桃李嫁接，有接必活；养鱼种花，鱼肥花香……总而言之，他读书虽笨，但心灵手巧。就说用扑克赌钱吧，他每每大获全胜，赢了，总是买冰棒给我吃。有一回，我们双双吃了十一根冰棒，大热天，心里凉兮兮，实在快活。因为凉得透，所以我至今未忘怀。

一天，他要我穿上干干净净的衣服，他也穿得清清楚楚，带我进照相馆。我们花了五角钱，合拍了一张相片。那年我八岁，是我懂事以来第一次与别人合拍相片。现在，这张发黄的照片就在我的稿纸边，两个一样不会笑的孩子，俨然是兄弟。

照完相出来，也许是因为照相这件事太隆重了，依斌一路都不说话，神情十分严肃。他不说，我也不敢说，像尾巴一样，一声不吭地跟着他回家。

过几天，他莫名其妙地失踪了。后来我才知道，他瞒着家里人报名参加了地质队，成了地质队员。这时，我才意会到了那天他带我去照相馆的用意。今天想来，他真是一个不一般的孩子。他和我照相了，竟不告诉我是为了什么，他还真藏得住话！

此后，他湮没在闽西北的大山与林海之中。不久，我也到了南平。我给他写了几封歪歪扭扭的信，他只回了我一封同样歪歪扭扭的信。这封信太好记了，我可以一字不漏地记下来："小弟：你的信我都收到了。我不会写信。我找了一本关于写信的书看，这句话我好满意：'让我们的友谊像泰山顶上的青松一样万古长青！'寄给你五块钱，这是我自己赚的钱，不是赌来的。我在（再）也不赌钱了。"

他瞒着家里人报名参加了地质队，成了地质队员。

“泰山顶上的青松……”如果今天谁给我写这样的信，我会从中读出许多酸味。但我深信，在当时，依斌一定是从一百句话中精选了这一句。这是一句多么难得的话，我这一生中，还没有谁对我重复过这一句话。我厚爱它，把它珍藏在心的黑匣子中。

此后我们很少见面了。我去插队那年，听说依斌结婚了，妻子在福州。依斌妻子的哥哥与依斌曾是一个地质队的。有一回，他们坐的小火车翻车，她哥哥死了，是依斌把其骨灰及遗物送回。此后他经常去她家。他的丈母娘看上了他，是岳母做的主，他们很快结了婚。

结婚似乎没有多久，他们就添了一个男孩。

大约又过了一年吧，依斌常常和妻子吵架，有时还打了起来。怎么回事呢？那时说不清。但是，又过了两三年，事情就渐渐清楚了：依斌的妻子有了外遇，用今天的话说，第三者插上了足。

依斌是一个很不争气的人，常常借酒浇愁，久而久之，成了酒鬼。他三餐喝酒，喝完了就睡，睡完再喝，再后来，居然吃不下饭菜，一吃就吐。如此，当然不能留在地质队了，他就吃劳保，待在福州。他妻子也很少回来，一回来，他就在沙发上睡——他母亲说。

长期不吃饭菜，只喝酒，他瘦得皮包骨头，走起路来，颤颤悠悠。上一层楼梯，要停一阵子，让脚抖一会儿，站稳了，再上一层……

接着，便是住院，挂瓶了。但是，病好了以后，大约隔不了一个月，他又喝开了。再接着，他连福州也不想待了，回到了闽西北的地质队总部。他们单位先是帮他联系，要调他到福州的办事处，但他说什么也不愿回来，领导无奈，只好把他养起来。

与妻子关系不好，他对孩子也没有一丁点儿感情，这是我百思不得其解的，也是我常常责备他的地方。

我每每出差路过，都要去看他。但是，彼此都已成年，总是无话可说。我们常常默默地坐几个小时，说的也不过就三五句话。在他面前，我心里想的尽是小时候的事，小时候的事像不断放映的录像。他在想什么呢？我后来碰到他几回，他都向我要钱，说是要买酒喝。我看他穷得叮当也不会响，怎么忍心不给呢？我给了他。同时，我又觉得极为不安。然而，我却无法不给他。我知道这是害了他，却还是要给他钱的。

依斌终于得了肺癌，住了几回医院，病危了几次，他母亲也从福州赶去几趟。他的命很硬，死而复活，照样喝酒。

这一回，他就这样默默地死了，就像树上落下了一片无声的树叶。

他死前两天，他们单位曾来电报，说他病危。当时，他母亲正好得了重感冒。他母亲说："也病危好几次了，想过两天身体好一点去看他。怎么会想到，他就这样死了……"他死时，身边无一亲人，眼睛睁得大大的，终年三十八岁。

火化那天，依斌的岳母来了。我知道，尽管他们夫妻不和，他岳母却是一向厚爱他的。这一天他岳母哭得死去活来，边哭边数落，说是她害了依斌。边哭边诉，边诉边哭，诉着哭着，哭着诉着，她居然冒出这样的话：“你好苦呀，你这样短命啊，连儿子都不是你的亲儿子啊，是我害了你呀……”

哦，我顿时明白了他为什么结婚没有多久就生下了孩子，为什么夫妻间竟是这样冷漠，为什么妻子甚至没有来奔丧……

哦，依斌，我的苦命的兄长，你虽然说不上是好人，但谁又能说你是一个坏人呢？你是一个短命的人，仅此而已。

多少大同小异的树叶纷纷凋落，融入了地母的怀抱。有谁知道它们曾经痛苦地生长过？

有谁知道呢？

1988 年 8 月 14 日

十五姆

八十二岁的十五姆中风死了，中风前我见她还乐陶陶地牵着外甥哈哈，到台江的大女儿家中。从病发到去世，大约只有一天时间吧。死得骤然，也死得没有太大痛苦，可谓善终。

我从小到大都不知道她姓啥叫啥，村中人无论老幼，都称她十五姆。为什么叫十五姆呢？我当时也没有打听到个究竟，认为这似乎是与生俱来的。直到想写这篇文章了，我才晓得她的夫家有十五个兄弟，她丈夫是老小，她从年轻时的十五嫂演化成现在的十五姆。十五姆早年丧夫，儿子又因抢救即将爆炸的锅炉而丧生。她的儿子留下一个遗腹子，这个遗腹子是我童年的小伙伴。后来的绵长岁月，她便是和孙子相依为命。

平时，即便我，也像西河里的居民一样对十五姆颇有微词。

因为年龄大，因为闲，在西河里十五姆成了居民小组的组

十五姆早年丧夫，儿子又因抢救即将爆炸的锅炉而丧生。后来的绵长岁月，她便是和孙子相依为命。

长。这既没有经过选举，也不是上面的委任，而是她长期做无人干的杂务的结果，也可以说是众望所归吧。比如说，两家吵架，她来调解；垃圾堆成山，她出面到区里交涉；红白事大家都请她当民俗顾问；家家户户的水电费由她代缴代收；街道开会，她是“人民代表”；等等。凡是无人做的事，事无巨细，全由她代劳。虽然没有一分一厘的报酬，但她乐此不疲。再比如说，一家扩建房子了，邻居常要闹得不可开交，一分一毫的地皮都是不让侵占的，还有开窗啊，排水啊，等等问题，几乎要盖房子总是要吵架的。双方“干”起来后又往往请十五姆做中间人。十五姆夹在夹缝中，但她不做坏人，只做好人，两边讨好，以求调解。

到了甲方，十五姆说：“啧啧，就是就是，怎么能开窗呢？你家是一楼，他在二楼开窗，这不把乱七八糟的东西丢到你屋顶了吗？啧啧，真是！唉，不过呢，窗都已经开了，算啦算啦，抬头不见低头见。我叫他们保证，绝对不能把东西丢到你们屋顶上。看在我的面子上，卖我一个老脸，怎么样？”

如此，甲方只好点头认可。

到了乙方，十五姆还是一样的口气：“啧啧，就是就是，盖房子怎么能不开窗呢？那夏天不闷死人啦？开窗碍他什么呢？真是！也要为人家想想嘛。现在窗都开了，又能怎么样？我们以后小心一点就是啦，甭把杂物往窗外扔了。其实，谁会那么缺德呢？不过，我也对他们说了，孩子还小，万一小孩扔了，那可不算数。谁能保证几十年没有一个万一呢？”

这样，乙方对她也非常感激。

十五姆毕竟不是“思想政治工作者”，她每每调解了一桩纠纷，像是立了一大功，得意扬扬。也许是为了提高自己的“威望”吧，事情立即在一些老妇人中宣扬开了，如此如此，这般这般。结果呢，妇人嘴杂，经过加油添醋，免不了便传到双方的耳朵里，双方听到的都是不利自己的话，这样十五姆就把双方都得罪了。

甲说：老不死的！

乙骂：不得好死！

由于诸如此类的事，日积月累，可以说，十五姆几乎把西河里的人全得罪了。她有苦难言。这可怎么办？

端午节快到了，十五姆便在家中包粽子。本来，她一家两口人，包几斤也就是了。可她一包就是大几十斤，而且是悄悄地干，每每干到天亮。第二天，她窥见甲的家人不在了，就提着几个粽子到乙家，略表歉意地“检讨”一番，然后一定要他们收下粽子，悄声道：“不要让隔壁家的知道。”其神态十分神秘。再过一会儿，她“侦察”到乙家人不在了，便又提着粽子到甲家如此这般地重演一遍。对村中其他人也是采用这样绝对单调的战术。其他节日，比如春节，她也要如法炮制，蒸很多年糕。

村中人，吃照吃，骂照骂，事情还是由她干。

十五姆并不是老不死，她老了也会死。十五姆也不见得不得好死，她死得不算太痛苦。西河里也曾死过几个七老八十的人，我印象中都是工作单位的同事和亲戚来送终，邻居们只是凑凑钱，送一条床单什么的，写上一个“悼”字，也就是了。这回十五姆死了，可谓空前隆重，几乎全西河里的人都到她家哀悼，帮助做一点事，然后送到火葬场。我亲眼见好几个曾臭骂过她的人掉下了一行一行的眼泪。那发红的眼中淌下的肯定是真诚的泪。在挽联中，甚至出现了“大公无私”这样的赞语。

昨天，供电所的人来收电费，村中人居然没有一个愿意“挑此重担”，来人只好说和下个月的一起缴。居委会主任也在苦恼着怎样再找一个小组长。主任说：“不尽早定下来，过十来天，怕是垃圾就要堆成山了。”

这时，西河里人愈加觉得十五姆的难得，天天念叨着她的种种好处。念叨来，念叨去，大家有一个共同的看法：多干好事，积德行善，肯定有好报。你瞧十五姆……

1988 年 4 月 16 日

钓鱼伯

我们西河里原本有一条河，从西湖一直流到闽江。后来，人多了，要住的房多了，河被填了，现在河面上长起来的都是盒子楼——新村。

那时的河边有一间破败、低矮的房子，房子前边是钓鱼台，两支烧曲的竹竿，四头吊起了渔网。房中住着一个七老八十的钓鱼伯，他就靠这张网，网一些鱼虾之类的谋生。

钓鱼伯像一本被虫蛀的线装书一样古老而沉默。不知是不是因了我当时太小，印象中他一天不说两句话。他从哪里来，偶尔又到哪里去？我一律不知道。只是记得，夏天的晚上，他常常网起水蛇，先是把它们存在缸中，待有十来条了，便买一些粉干煮水蛇，然后请来全村的小家伙们美食一餐。哈，那味道真是好极啦！

房中住着一个七老八十的钓鱼伯，他就靠这张网，网一些鱼虾之类的谋生。

钓鱼伯的破屋前养着一条狗，狗狗一身黑色，取名乌狮。乌狮有一个和钓鱼伯的房子一样破的钵头，全村人把吃剩的饭菜以及米汤一律倒给它吃，它受惠于全村人，当然也要尽心尽力地为全村人服务。

有一回，几个盗贼来偷某家的东西。他们低估了乌狮的勇猛和忠诚，结果腿被咬得血淋淋的，还被撕破了一块肉，喊爹叫娘，逃之夭夭。

第二天，村民们围成一圈，盛赞乌狮；钓鱼伯破例给它几尾大鱼吃，可谓精神鼓励和物质鼓励相结合。

过了个把月，那位被咬伤的人带着一瓶硫酸，朝乌狮身上泼去，乌狮号叫整夜，悲惨不堪。那夜，钓鱼伯正好回乡下，乡邻们心肠软，不忍心见到它的惨状，直到乌狮把天嚎亮了，大家才来探望。

乌狮的眼睛瞎了一只，它那被硫酸泼过的皮红通通的，让我想起癞痢头，让我想起被野火烧去一片的大林莽……

此后闹“文革”。“文革”是无所不革，乌狮也被套去了。据说，狗都集中到北峰打。没几天，乌狮“越狱”跑了回来，看到钓鱼伯，泪眼汪汪，可怜兮兮。钓鱼伯把它牵进破屋里，让它睡在床下。乌狮很讲卫生，大小便都坚持到天亮，到河边去拉。

不久，有人又要来打乌狮了。钓鱼伯向他们陈情，讲了它立过的“战功”，这果真感动了打狗人。不过，他们规定，乌狮要用链条锁起来。从此，乌狮失去了自由。

后来，钓鱼伯老死了，乌狮也老死了。

1985年3月6日

瘸子的曲线

我在1986年写了一篇关于郑延平的小散文，一家晚报登载过，原标题叫《曲线美》。昨天，我与母亲闲聊，谈到西河里故人，说及郑延平的死。他死得奇特，对我来说，是闻所未闻！于是，我找出旧作，重读一遍，感慨郑延平命途多舛，把文章做些增删，改名为《瘸子的曲线》。

以下是旧文：

曲线美

我童年的小伙伴郑延平是瘸子，那是小儿麻痹症造成的。他走路时，像是专业设计好的慢动作，先是右脚往前伸，带弧度地向外拐，然后落地，接着左脚迈出……不知道是不是由于惯性作用，他的右脚往外拐时，右手也带弧度地往外甩。肩膀是左高右低，走路时也随着弧度摆动。他留分头，头发随着曲线运动，一耸一耸的。他的整个身体实行的是“倾斜政策”。

郑延平的婚姻是一桩难事！他的弟妹皆已婚嫁，且有儿有女。他三十二岁了，仍孑然独行。看着他晃动着曲线独来独往，亲友们无不为他暗自叹息。有谁愿意嫁给这样一个残疾人呢？我还有一个跛脚朋友，娶了一个西部姑娘——姑娘向往开放城市的生活哩，可是姑娘洋起来以后，嫌和他同行对不起观众，很快另攀高枝了！这怪谁呢？怪这怪那，平心而论，也要怪他们之间的不协调。

郑延平在省城某医院看自行车。天刚麻麻亮，就有很多病人来了；天已经黑乎乎了，还有不少人没看完病哩。他赚的是辛苦钱。

不久前，医院扩建完工，来看病的人多了许多，寄存的自行车也越来越多，一个人看不过来，于是又增加了一个看自行车的姑娘。

这姑娘姓李名桂芬，二十七岁。也许是老天有眼，鬼使神差地让李桂芬也是个瘸子，而且瘸得正好与郑延平相反；先左脚往前伸，带弧度地向外拐，然后落地，然后右脚迈出……身体的其他部分，也是和郑延平一样实行“倾斜政策”。人们见了，都不免“扑哧”一笑：真是天造地设的一对。

他们身份平等，惺惺相惜，自由恋爱，进展迅疾。郑延平最初把李桂芬带回来时，一路上，一个走在前面十米左右，一个落在后头。落得太远了，郑延平停一会儿；当李桂芬赶上他时，郑延平立即又往前瘸。似乎他们的“法定”距离是十米。结婚之前他们都保持着这种不协调。

这是因为他们怕羞，还是爱得含蓄？

不久，他们结了婚。婚后，为了养家糊口，他们新增了一个服务项目：为顾客擦洗自行车。病人们挂号、看病、交款、取药，忙完了这一切，也有足够的时间让他们把自行车擦洗干净了。

现在，彼此间十米左右的距离已经拉平。他俩同出同归，一个左一个右，很有曲线地双双扭动着脚，像一段优美的舞蹈。他们心中的幸福盛不住，溢到脸上，尽是笑。他们的笑，可以融化冰雪。邻里们看着两个生命的和谐运动，都投之以亲切的微笑。

他们晨出暮归，冉冉上升和徐徐落下的太阳与他们同行。在人们带着喜气的甚至羡慕的目光注视下，他们款款扭动着曲线。

啊，多么和谐的曲线！

我小时候，郑延平的父亲就死于非命。那时，东街口在闹武斗，他爹是司机，开着解放牌汽车经过，被流弹击中。

他是母亲拉扯大的。他还有一个弟弟，一个妹妹。因为他

他们晨出暮归，冉冉上升和徐徐落下的太阳与他们同行。

残疾，他母亲格外偏爱他弟弟。他妹妹帮着母亲操劳家务，只有一个女儿，母亲分外怜惜。刚患小儿麻痹症时，母亲付出许多吧，时间久了，他成了家庭的拖累，像卡夫卡的《变形记》中的格里高尔·萨姆沙，当他成为无用之物时，初时家人皆同情，到后来，连亲妹妹都盼着他早死。西河里拆迁时，他弟弟妹妹都得到一套大房子，他母亲只给他一房一厨房二十二平方米那种小公寓。郑延平打小就以为自己低人一等，一生憋屈，他妻子与他所见略同，没有一句怨言。小两口兜兜转转，困囿在蜗居，艰难地继续扭动着他们的生命曲线。

前几年，郑延平的母亲患了重病。他弟弟在闽北工作。照顾母亲的事，多由他妹妹操劳。他妹妹虽然孝顺，但是下岗工人，也没钱给母亲治病。

一天，他妹妹去求神，祈祷母亲闯过生死关。神棍告诉她，老人活不长久，要儿女减寿给她，才能保住老命。

这可怎么办？减她弟弟的寿？她弟弟是个完人，那是绝对不行的；减自己的寿，自己上有老，下有小……只有她哥最没用，仿如泥猪癞狗，减她哥的寿最是合适！

于是，乖谬的她把郑延平带到巫婆那。她哥虽是瘸子，却被强令跪下，念了咒语，行了法事，泣告苍穹，愿减己寿，以延母亲之年。据说，郑延平跪下后，泪流满面；起立后，泣不成声……也不知是为他母亲还是为自己的人生蹉跌而歌哭。

郑延平的母亲确实好了一阵子。郑延平减寿后恹恹地得了病，不思饮食，日益萎蔫，不足一个月，竟像晴雯一样说死就死！我以为，这是因为打小孤苦的他，心理防线被摧毁了。他生病期间，他妹妹不曾来探望，他母亲甚至不知道他得了怪病。他的妻子知道他因减寿而如此，义无反顾地也跑去减寿。她要让丈夫活。可是，没用。

悲催的是，郑延平死后不多久，主张让他减寿的妹妹也病死了，他们的母亲也只多活了两年。

郑延平的妻子现在还活着。只是，她一瘸一拐的曲线，再也无法和谐了。

大都市的市民还有这样的生存状态，国民如此，很多事，不是书生所想的那么简单。不好办，左也难办，右也难办，不好办。心事浩茫，心神俱颤，耿耿难眠，面壁三叹！

我这是怀念儿时故人，还是忧虑未来的孩童？

心痛，心痛！

2020 年 11 月 21 日

陈双喜

直到他死了，我都不认识他。在一个大院里，我肯定见过他，大约也免不了点头寒暄，只是我没有把人和名字对上号而已。他的人和名字都太普通了。他是个老退伍军人，叫陈双喜，是我们出版大院的电工。

他成为大院的“名人”，缘于他的一次不普通之举：办退休手续的时候，他突然提出要同时退党。这成了我们大院实实在在的新闻。省直机关的职工要退党，惊动了局党组和省直机关党组。上级领导轮番找他谈话，问他什么原因。他平时是大好人一个嘛，怎么突然有了如此让人惊诧的不轨之举？机关党委领导老郑问他：“是不是丧失了对共产主义的信念？”他摇摇头，那神情仿佛在说，什么是共产主义，我还没搞清楚哩。老郑又问他：“是不是对我们社会的腐败现象不满？”他神色严肃，不置可否。

老郑反复问，他就是不说话。大约过了一周，在老郑的艰苦努力下，他终于挤出一句话了：“退休了，没法为党干什么活了，还留在党内干什么？”他接着说：“我不想占着茅坑不拉屎。”老郑对他说了一串革命道理，他又一声不吭了。

老郑查了他的档案，他在部队当过“五好战士”，回到地方当过劳模，这样的人怎么能退党呢？不同意，不能同意。就这样，他退休手续先办了，党没退成。组织上不时派人找他谈话，给他上党课，做他的思想工作。他为党内来人沏了一杯茶，洗耳恭听。不过，听说有几回，听着听着，他听瞌睡了，嘴边还流着一串哈喇子。

他是老了。

他的问题，在“三讲”的时候成了各个支部上党课时的重要话题。老郑到各支部巡回演讲，这几句话是少不了的：“一个老共产党员，丧失革命斗志，放弃远大理想，退休也要退党！这是一个十分严重、极为重大的问题！不进行‘三讲’，怎么得了啊！”

这么僵着一段时间，陈双喜的事也被人们淡忘了。

去年，省委要求各机关派人到边远山区的贫困村当支部书记三年，据说这是一种“高位嫁接”。局党组要求各单位各部门踊跃报名。结果却不美妙，整个系统因为业务工作太忙，脱不了手，竟然无一人“跳”出来。这让党组十分恼火！“共产党员时刻听从党召唤，专拣重担挑在肩的精神都跑到哪里去了？”老郑责问道。

老郑准备召集全体党员训话。

正在准备发言稿的时候，陈双喜来敲老郑的门了。老郑皱着眉，没好气地说：“你的事以后再说，我正忙着！”陈双喜径直坐到他的对面，闷头闷脑地说：“我要去当村支书。”这一说，大出老郑的意料。他像看外星来客一样盯着陈双喜，半晌，冒出了一句：“你又怎么了？我没空跟你折腾。”陈双喜说：“我真的想去。我当兵前就当过村支书。退休在家，闷得难受，现在电器质量好，很少有人要我修，没活干，难受。你就让我去吧！”看来，他是来真格的了。老郑说：“那你不退党了？”他说：“有活干，退什么退。”

可是，陈双喜还是没有当成村支书，因为上面不要退休的，再说了，去当村支书的，是要有培养前途的，一下去，就可以官升一级哩。

说起他的“没活干”，就要说说他退休前的事了。他是电工，本来只管公共设施的维修，可是，他却“越位”了。院子职工，不论是局长还是食堂卖菜的，谁家里有什么电器坏了，只要和他招呼一声，他随叫随到，一定会替你修好。其中，有不少小配件，还是他掏腰包买的。给他钱吧，他瞪着眼，没好气地说：“几毛钱，算什么算，你看不起我呀！”有的新来的人家不知道，以为他的职责就包含了为家家户户修理电器这一项，对他经常吆来喝去，修好了，连一声谢也没有。对此，陈双喜也不计较。

院子职工，不论是局长还是食堂卖菜的，谁家里有什么电器坏了，只要和他招呼一声，他随叫随到，一定会替你修好。

前几天，我听说他半夜里心脏病发作，死了，死在出租车上。

死人的事是经常发生的。所以，我也没有怎么在意。

后来，我听说，他是本不该死的。一年前，他就心脏病发作过一次，也是在半夜里。他老伴把左邻右舍都叫了起来，用担架把他抬到了省立医院。他被抢救过来了。出院后，他对送他上医院的人极为感激，一家买了一袋苹果，上门谢人家。到了邻居家里，他也说不出什么话，像祥林嫂一样反复道："风扇有没有出毛病呀？排气扇有没有坏了呀？"结果都没有，他无以回报邻居，心下耿耿，觉得欠了人家什么。回家后，他对老伴说："以后要少麻烦别人。半夜三更的，真的不要麻烦别人。"

这次，他心脏病又发作了，老伴又要去敲左邻右舍的门，被他拖住了。他说："这次没事，比上回轻多了，我知道没事，咱们自己去吧……"老伴也没有医学常识，一生都听他的，就搀扶着他，从八楼下到一楼，又挨到马路边，上了的士。车开了一半，陈双喜头一歪，就走了。

医生说，怎么会这样？如果抬着来，他是不会死的！

在"保先"动员大会上，机关党委书记老郑又说到陈双喜："多好的一个党员！他修了多少排气扇、电风扇……数也数不清，可他自己就怕麻烦人家，死在的士上了。毛主席说，村上的人死了，开一个追悼会，用这样的办法，寄托我们的哀思……"说到这，他声音低哑，像扁桃腺发炎一样，涩涩的，"可是，我们有的单位，连花圈也不送，我上门问了，你们怎么不送一个花圈？

他们却说，一个工人死了，也要送花圈吗？以前讲阶级感情，现在讲人情，可见，有的人是多么冷漠啊！我们不开展‘保先’教育，怎么得了啊！”

人就是这样，说死就死，这么脆弱！

他就是这样，怕麻烦人，临死也不要去麻烦人。

我也没有去送葬，大约也算是冷漠的人。到这时，我也想象不出他的形象，不过，我觉得他的形象极为熟悉，像我在工厂里见过的无数的普普通通的老实人、埋头干活的人。

2005 年 9 月 7 日

老伴

十多天前，我同事邹闽的母亲去世了；前天，又报他父亲也走了。二十天以内，邹闽成了没爹没妈的人！

不过，他爹八十六，他妈八十一，也算喜丧了。

邹闽原是我们单位的司机，年龄还小我一两岁，正好五十吧。几年前，他做了心脏搭桥手术，社里不敢再让他开车，也算照顾吧，他改当收发，半是工作，半是休养。

邹闽的父亲患老年痴呆症已经六年，平时全是老伴服侍他，老夫老妻相依为命。因为邹闽身体不好，他母亲极少让他来照顾老父。

邹闽的妈平时身体很好，从未听说有什么病。去世前几天，她打电话给邹闽，说是身体不适，要去医院看病。她是自己走着进医院的。邹闽赶到时，医生对他说，他母亲患白血病，已经晚期，来日无多。为了慎重起见，医生让他带母亲到另一家医院再做一次检查。结论是一样的。于是邹闽母亲住院，说是要换血。一个老医生说：“不要换了，换了也是浪费钱，老人也有福有寿的了。”没几天，医院说如果想抬回去，可以抬回去了。回家时，邹母痛苦不堪，才过一夜，就走了，一点也不拖累儿女。

我到邹家吊唁时，只见其父坐在床边，面带微笑，十分慈祥，全不知道家里发生了什么事，全不知道老伴已经走了。看他一身，也还干干净净，脸色红润。我当时想，老年痴呆症是老人的好病啊，忘却了人世间的一切痛苦，算是最好的归宿。于是，我想起二十世纪九十年代我责编的科幻小说《机器服务人》和《怪城历险记》等，里面说忘却是快乐的源泉，外星人带来了“欣慰剂”，人类服用了，不知有汉，无论魏晋，忘却一切，皆大欢喜。哈哈，老年痴呆便是达到如此境界哈！

虽然放在这不切题，但我还是要插一段关于老年痴呆症的真实故事：有一对夫妻，天天吵架，吵了几十年，真是冤家！自然，离婚了。老了老了，先后患了老年痴呆症。他们只有一个女儿，女儿一会儿跑父亲那边，一会儿跑母亲这边，身心俱疲。久而久之，女儿突然想，把二老搞到一起，不就可以少跑了吗？于是，她把父母接到家中。夫妻相见不相识，数十年的恩怨灰飞烟灭。虽然患老年痴呆症，但潜意识中还会异性相吸，他们同床共梦，仿佛又谈了一场简单的恋爱，全家和谐至极。哈哈，遗忘是好，全无烦恼——忘却万岁！

邹闽的父亲患老年痴呆症已经六年，平时全是老伴服侍他，老夫老妻相依为命。

我们走时，向邹父辞别，他呵呵地笑着！死老伴而能笑，这不得不让我想起庄子死妻却噪盆而歌，这真是人生的最高境界啊！

邹闽安葬了母亲，为父亲请了保姆，生活刚刚恢复平静，父亲就走了。据说，晚上睡觉，他滚到地上，第二天保姆发现时，呜呼哀哉，已经气绝。

昨天下午，我又到邹家吊唁。邹闽说：“好好的，怎么一跌下就死了呢？”

我说：“你爹妈感情太好，你妈不放心你爹；你妈看你身体不好，怕你照顾不了你爹，把自己累坏了，疼爱你哩。她刚下去，跑东跑西，求了阴曹地府的各级领导，这才把老伴带走。”

邹闽被我这么一说，愁苦道：“就不知道我爹认不认得我妈啊，他是老年痴呆啊。”

我说：“怎么不认得？人死了，就什么病都没了，怎么不认得！”

老邹想想有理，竟笑了。

少年夫妻老来伴。愿邹家二老黄泉路上结伴而行，彼此搀扶。

2011 年 11 月 27 日

有备而去

朋友徐容的父亲徐家新去世，终年八十岁。下午两点半，我和妻子一起往徐家吊唁。

前两周我还和他一家人喝酒，他说我喝酒干脆，喜欢与我对酌，也算我的酒友吧。那天，徐容父亲大约喝了半斤白酒。据说，他天天喝酒，吃菜甚少，近于空腹，平常体检，一切正常。

19日傍晚，徐家新女儿来看他，他一个劲地催促女儿回去，说是影响他休息。才六点多，怎么就赶她走呢？女儿怏怏。两个小时左右，他老伴外出回来，发现他走了。走时，家中只他一人。他到冰箱取东西时死在冰箱前，看上去是慢慢蹲下，躺倒……

我想起我岳父的死，那天，他也是把所有的人都打发走，独自向这个世界告别。

从他女儿走后到他老伴发现他去世这两小时，他把书桌整理得清清楚楚，擦拭得干干净净；平时，家里的垃圾都是老伴拿到楼下扔的，这天他很例外地把垃圾也给扔了；换了一件熨得有棱有角的衬衫，穿戴齐整，像是要去开会似的；桌前剩半杯酒，他到冰箱取东西，或是想要点配酒的小菜？

我想起魏晋名士刘伶，常乘鹿车，携一壶酒，使人荷锸而随，谓曰："死便埋我。"徐老先生一生好酒，死前喝半杯酒，虽剩半杯残酒，却也有几分快意。我想起弘一法师，他是知道自己的寿限的，所以打坐而去。弘一法师圆寂之前，将后事理得一清二楚，嘱咐道："当我呼吸停止时，待热度散尽，再送去火化，身上就穿这破旧的短衣，因为我福气不够。身体停龛时，要用四只小碗填龛四角，再盛满水，以免蚂蚁爬上来，这样也可在焚化时免得损伤蚂蚁。"

徐家邻居说，陪伴徐家多年的家生的小狗，六点多徐家新女儿走后就一直尖叫，狂叫，凄厉地叫。他们以为来了小偷，但见邻居家里还亮着灯，就没有太在意了。

也许这一天徐老先生寿限已至，上天派使者来带他了。小狗不舍，所以乱叫？真是生死由命啊！

我又想起曾有两三个养狗人对我说，狗到了十四五岁，知道自己要死了，会毅然决然离开家，离开主人，自己跑到一处不为人知的地方，独自死去。狗不仅通人性，或也通阴阳？不管怎样，徐家新像狗一样独自走了。这应了那句话：静悄悄地我走了，正如静悄悄地来。人啊，独自穿过生命隧道来到人间，又独

才六点多，怎么就赶她走呢？女儿怏怏。

自灵魂出窍升腾上天。

几年前，他和他孙子在一起，曾经晕倒一次，他对孙子说，绝对不能告诉家人，谁也不能说。平时走楼梯，儿女要搀扶他，他总是正色道：“你们不扶，我还走得好好的，你们一扶，我就跌倒！”前些日子，他与老伴聊天，说他要是病痛缠身的话，可否自杀。老伴说，那不行，那会影响孩子的声誉，神灵不允。

他曾经是一家国企的厂长。退休二十年了，他每天坚持按时“上班”，端坐在他家的“办公室”，读书，看报。他“上班”少喝茶，只喝酒、抽烟。就是说，酒当茶喝，多时每天一斤，去世前还每天三五两。

这是一个老有尊严、死有尊严的老人。

2013 年 12 月，我的朋友沈用大在老年大学唱歌时骤然辞世。当他唱完一首越剧时，大家请他再唱一首，他同意了，说：“我很高兴，我很高兴……”头一歪，就走了。“我很高兴”，是他留在世间的最后的声音。沈用大是在自己吟唱的歌声中和朋友们的掌声中绝世而去的。乡音绕梁，越剧的曲调将把他带回他沪上的故乡，他将回到地母的怀抱！

弘一法师去世前夜，写下“悲欣交集”四字。悲的是世间苦人多，仍未脱七情六欲的火坑，临终时有眼泪，觉得对过去因缘没有做到至善；欣的是自己的灵魂如蜕，即将告别娑婆世界，远赴西方净土。我想，沈用大、徐家新似也“悲欣交集”。生有牵挂，辞世是悲，这自不待言；欣者，死得干净，死得匆促，没有连累他人。曲终人亡，掌声中，沈用大安详地走了，这是人生的绝唱！临了时，徐家新还喝上半杯好酒，应了刘伶的“死便埋我”的洒脱，能不欣然？

徐家新和沈用大一样，又是一个修得正果之人。沈用大死于他喜爱的越剧，徐家新死于他喜爱的酒。只是，沈用大比他小了十一岁。

生如夏花之绚烂，死如秋叶之静美。千年万年修得善终，没有拖累家人，没有太多痛苦，更没有死的恐惧，这是上天所赐。

2016 年 4 月 30 日

风筝

今年是闰六月，死亡的事似乎格外多。我父亲死了，这是家事。单位或是兄弟单位的同事接二连三地死了，就像我们大楼前的樟树，死了三四株。

昨天，在归国的飞机上，半夜，乘务员在呼叫，说头等舱有一重病患者，机上可有医生帮助？这样连续叫了几遍。接着，乘务员又呼叫，问乘客有没有什么药（我叫不出名字的药）。飞机上的夜，显得有点瘆人，好像死神就在周遭游荡。等我们终于到了北京，乘务员让我们坐着别动，说是要抢救病人；又过了好一会儿，还让我们呆坐着，说是防疫人员马上上来……我在心里揣测，莫非那个乘客死了？但大家都不吱声，不问。

之后我从北京转机福州，刚落地，同事发来微信，说我单位的办公室原主任林元生已经不行了，脑溢血，医生说已经没有办法了，这会儿正在被送回家的路上。

今天上午，我还在倒时差，迷迷糊糊，接到同事电话，说元生六点二十三分去世了。我匆匆起床，早饭没吃，赶到元生家，与同事一起吊唁曾经天天相处的人。

我上任后，林元生还当了将近一年的办公室主任。半年前，他才退休。现在有规定，退休了，单位也不能表示什么。几个老同志凑一桌，AA 制，我们一起吃了一餐便饭，算是欢送吧。席间，我还开玩笑说："退休是刑满释放，我是有期徒刑。"元生也认同，说是要好好享受人生。

元生说话声音洪亮，我不曾听说他有什么病，就是脸有一点苍白。

前两三个月，我还听说他参加老干部活动，相当活跃，他是老干部中最年轻的一员嘛。

两个月前吧，办公室突然报告说，林元生得了白血病，生命危在旦夕。我到医院看他。医生说要赶紧救治，否则随时会出事。先是化疗，还要骨髓移植。医生让家属先准备一百万的钱。元生握着我的手，一直流泪，说："没想到，没想到会这样……"

元生的爱人说，他们都已经预订好了，要一起到俄罗斯旅游，这下走不成了。说到这，元生又嘀咕："没想到，没想到会这样……"

白血病患者免疫力极差，不能随便见人，否则很容易感染病菌，后果不堪设想。所以，我就没有再去看他。

今天上午，在元生灵前，他爱人哭着打开柜子，里面满是放风筝的线。她叠声泣道：“他都说好了，要去放风筝，要去放风筝，怎么会这样，怎么会这样……”

生活太苦，工作太累，好不容易退休了，元生想好好享受生活，想去旅游，最奇特的是，他想放风筝！

放风筝？他应该是在寻找儿时的记忆吧？

元生的这两件事，都让人心疼。旅游，这是天经地义的事，是普普通通的事，他却走在了黄泉路上；放风筝，并不是所有的人都有此奇想啊！

前些日子，我也有奇想，想像少年时那样，种一棵桑树，接着养蚕，让蚕吐丝，吐在扇子上，然后请人写字。这与元生放风筝的想法有异曲同工之妙，有少年的梦，有老的滋味，有乡愁。

人想重温少年一幕，说明死神已经悄悄起步？

我买桑树时，一个老农问我种在哪里，我说种在家里。他说，种家里不好啊，桑者丧也，家里是不好种桑树的。于是，我打消了这个念头。

这老农，放着生意不做，却阻止我在家里种桑树，这是大善心！这里面隐含着某种宿命。这是上天通过他的嘴对我有所提示？

人生莫测，根本上也是一次另一种意义上说走就走的旅行。想旅游吗？说走就走，何必要等到退休？想放风筝？那就放吧，立即、马上、现在就放，让风筝上天，让往事飞翔，让童年飘向

元生想好好享受生活，想去旅游，最奇特的是，他想放风筝！

远方！可是，元生准备了一堆的线，风筝却只能在梦里飘游了。

我种桑树？我养蚕？让蚕吐丝？春蚕到死丝方尽啊，蚕死了，人可能也差不多要死了？

元生，活了六十一岁，在当下，太短寿了。

此时，我想起一个细节。有一次，一个书法家醉酒，一个劲地写“不容易”几个字。我收藏着好几幅“不容易”哩。是的，不容易。人生实苦，人生实难。不容易。

退休是刑满释放，走了是彻底解放。黄泉路上，元生，还有前些日子去世的小兰、阿贵等朋友，你们好生相扶着，慢慢走啊！

从今往后，当我看到风筝，应该就会想到元生。

2017年10月15日

第四辑

祖父

祖父并不是我的亲祖父。在我父亲一两岁时，我亲祖父便死了。这个祖父原姓郑，是入赘的，易姓为房。虽然他和一村人同姓房，却是一个外来户，与乡亲们格格不入。

从我懂事起，我就觉得祖父是孤单的。

小时候，父亲在外地工作，我们在福州没有自己的家，我们兄妹便和母亲一起住在外婆家，因而，祖父只能住到他的厂里。祖父懂武艺，会治伤，1952 年曾参加省里的武术比赛，得过二等奖。他的房间里，只有那张发黄的奖状和他相依为命。祖父有一张单人床，但堆满了草药，他一向不睡。他似乎喜欢躺在那能摇动的躺椅上，一摇一摇的。

我和妹妹常常去看老人家，他一看到我们兄妹，像过节一样开心，老摸着我的头，摸了又摸，然后，带我们兄妹到小摊点上

他似乎喜欢躺在那能摇动的躺椅上，一摇一摇的。

吃鱼丸，或者吃扁肉。他钱不多，自己不吃，只看着我们吃，眼角的皱纹笑成了一朵花。

祖父常对我说："等你长大了，教你武术！"这话，他对我说过十几次。他话不多，好像就会说这句话。

我还没长大，祖父就老死了。

祖父死时，我们家已迁到南平，接了电报赶到家时，祖父已断气。他的眼睛半闭着，没有合拢。按照福州的习俗，这是说死者心中有"抱憾"。

一时家里来了许多我从来没有见过的祖父的亲戚，他们在后面的房间里嘻嘻哈哈，全无伤心状。当然，尸体边也有人哭，哭声好大。这时，突然进来一个老太婆，对一边吃着生地瓜一边笑的中年妇女说："轮到你啦。赶快出去哭。"中年妇女答："这么快？"她把啃掉半截的生地瓜放下，然后掏出手帕，到尸体旁，掩着眼便呜呜呜地号啕痛哭起来，嘴里念叨着一套早已编好的"伤心话"。哭罢，她回来了。我最佩服的是，她依然笑逐颜开，啃着那半截的生地瓜。

那轮流的"哭"，让童年的我知道了祖父的孤独，看到了人情的虚伪。

我默默地站在祖父床边。我知道，我当时没有任何表情，也不曾流泪。我似乎听到一个女的说："毕竟不是自己的亲孙子，没感情，不会哭。"

不知怎么搞的，站在祖父灵前，我一点也不害怕。也不知是不是鬼使神差，我竟用自己细嫩的手为祖父合上那半闭的眼睛。他居然真的给合上了。

哦，祖父，愿你安息。

1985 年 4 月 5 日

祭外婆

2009 年 12 月 29 日，把我带到十一岁的，我至爱的外祖母去世了，享年九十三岁！

我的外祖父几年前先走了，走时是九十三岁；我外祖父的母亲也活到九十三岁。一家有三人九十三岁！这是高寿，外婆这么走了，也算寿终正寝吧！

外婆选择岁末上路，是让家人有一个新的开端。29 日下午，福州下雨了，此时的雨，自然是哭泣，是泪雨，这是老天替我祭奠我的外祖母！ 30 日，还有一些雨，后来转为多云。31 日，福州放晴了，这是外婆出殡的日子。下午，当我们把她送上山时，即使昨天刚下雨，山路也一点不滑。在我看来，这也是外婆特意为儿孙们安排的好日子哩！

诸位看客，现在我是深信有灵魂的存在，有前世和来生。有什么根据呢？几年前，我外公去世前十来天吧，我在上海出差，做了一场梦。梦中外公对我说：“向东，我要搬家了，搬到山边住了。”我回到福州几天，外公便走了。外公的坟墓就在鼓山边上。外婆去世前几天吧，我又做了一场梦，梦见外婆结婚了，而与她结婚的竟是一个小男孩。我还指着婚房说：“怎么把男孩抱进去呢？”28日晚，我去看过外婆，外婆已经奄奄一息，昏迷不醒。我叫她，她循声音方向侧歪过头来，眼角缓缓流下浊泪。29日凌晨，我做了一场梦，梦中外婆对我说：“向东，我走了……”外婆正要飘起，电话响了，母亲泣曰：“外婆走了……”我立即起床，愣坐着回味，梦和电话，几乎连在一起！29日上午，我在外婆灵前给妻子打电话，让她早一点过来，打了三五遍，就是打不通，提示说没有这个号码！简直莫名其妙，家里的号码，用了二三十年了，怎么会没有这个号码？后来，我下楼买东西，重拨了一下电话，立即通了。是外婆的灵魂挡住了信号？我不知道，搞不懂。

查日记，12月5日星期六下午，我还推着外婆的轮椅带她上街，本想带她晒晒太阳，因为风大，就改为去吃点心了。我问她想吃什么，她爱吃的还是福州小食，说吃扁肉、拌面。先上了拌面，她问：“你的呢？”我说：“我不饿，不想吃。”她把拌面往我面前一推，说：“你不吃，我也不吃。”我只好也吃了。那天，她吃了一碗拌面、六个扁肉，剩下的扁肉实在吃不下了，她还说，要打包回去。我说，就几个，不要了。这是我最后一次带她上街吃东西。11 日，外婆中风住院，此后就再没有与我说过话了。

关于外婆，我要为她的一生写上五六万字哩，这是以后的事了。1985 年，我曾经写过一篇小散文《外祖母》，先把此文附在这里，以此纪念我亲爱的外婆。

外祖母

我们兄妹仨都是在外祖母的膝下长大。我懂事的时候，她还不上五十岁，一头黑发，梳伏在脑后，结成大髻，身穿自个儿用针线缀起来的粗布大襟，是个地地道道的福州老妈妈。

早些时候，妈妈、舅舅、姨姨，或在福州工作或在福州读书，每每过年过节，一家人围着月桌——福州人称圆桌为月桌，意味着美满——煞是热闹。不久，我父母到闽北去，舅舅到闽东去，姨姨也插队去了。自幼守在身边的三个儿女都离乡背井，家里清静了不少。这样，那张月桌自然用不着了，平时，我和外祖父、外祖母只摆一张小方桌。

外祖母学会了她做姑娘时未学过的“手艺”——捆扎行李。一个又一个的纸箱，一根又一根的麻绳，她捆起来既利索又牢固。每年春节，她都要捎给天各一方的儿女们一块家乡的年糕；每年端午节，她都要给漂泊异乡的孩子们寄上一束福州的粽子……年复一年，外祖母多少次到车站接回游

一头黑发，梳伏在脑后，结成大髻，身穿自个儿月针线缀起来的粗布大襟，是个地地道道的福州老妈妈。

子，又多少次送儿女继续漂泊？冷若冰霜的汽笛声，无所谓地抛下我俩，我牵着外祖母的衣襟，她缓缓地放下举过头顶的右手，用袖子揩擦着有血丝的泪眼。北风正吹，漂白了她的青丝。

她身边只有我这么个宝贝，所以特别疼爱，巴不得把我系在裤腰带上。本来我六七岁就可以上小学了，她不准，拖到我八岁。我上学的时候，她硬要我戴一个大手镯，还穿红肚兜。有一回，这个“秘密”被一个同学知道了，她纠合了几个捣蛋鬼，合伙剥去我的外衣。我只穿一件红肚兜，全班同学哄堂大笑。我羞极了，一气之下连课也不上就往家跑，闹着非要脱掉手镯、红肚兜不可，外祖母哄我求我，说这是使不得的，使不得的！我不听。最后，好不容易来一个折中，白天免了，晚上睡觉前还得戴那个令人讨厌的红肚兜！这样，又“兜”了两三年吧。

上小学四年级了，我心中似乎有什么东西在隐隐地萌动。什么东西呢？我也说不清，只是觉得再和外祖母一起睡觉怪别扭的。那年春节，妈妈他们刚走，外祖母正打算把临时床铺拆掉，我死乞白赖地躺在上面，不让拆。她疑惑地问我：“怎么呢？”我粗声大气地吼道：“我要一个人睡！”外祖母吃惊极了：“一个人睡？不着凉吗？会肚子疼的啊！”但是，在我“坚决斗争”之下，她不得不让了我。刚刚独个儿睡的那几夜，她半夜里也不知道起来多少趟哩，又怕我着凉，又怕蚊子窜进来，还要叫我起来屙尿，怕我尿床。

外婆没有文化，似乎比较迷信。每一个儿孙的生日，她都记得牢靠。根据福州习俗，生日要吃“太平面”。“太平面”一般由面、蛋、肉组成。面是福州特有的线面。线面细而长，意谓长命百岁。蛋只能是鸭蛋，鸡蛋不行。外婆说，福州在海边，以前很多人出海打鱼，被大浪吞噬了，“鸭蛋”用福州话发声，与“压浪”同音，压住大浪，就能平平安安。煮“太平蛋”是有讲究的，壳剥开，不能有一点破损，这才能保证你一年里的圆满；还要吃两个，大约是好事成双的意思吧。有一次我生日，不知道什么原因，剥的蛋老是破损，外婆坚持另煮。这样，从八九个蛋中挑出两个圆满的给我吃，破损的，她就留着自己吃。老人就是这样，愿孩子们好，宁可把一切的不完美留给自己。

我读初中时，随父母到南平去了。家里留下妹妹弟弟，他们中学毕业后也先后走了；后来，舅舅的大女儿被放在家里，到了读书年龄也跟舅舅去了；再接着就是姨姨的女儿和舅舅的小男孩……

哦，我大功大德的外祖母！

1985 年 7 月 8 日

今天是元旦，当我在电脑前敲这些文字时，屋外淅淅沥沥地飘洒着冻雨……外婆，山上冷啊，现在虽然永远没病没痛了，你和外公也要多多保重啊！

2010 年 1 月 1 日

我与地龙及蜈蚣的亲密接触

三五岁时，我穿的是开裆裤，小鸡鸡外露，为尿尿大开方便之门。不过，被蚊子叮咬的事时有发生，那算不得什么大事，痒痒而已。

外婆的家，在福州的南公园。家的后面有一条三五米宽的小河。家的前半部分位置较高，盖在地上，有两层的木头房子；后半部分搭在小河上，相当于湘西凤凰的吊脚楼。小河是活水，每天水涨水落，水位有高有低，就像我的兴致，时好时坏。

外婆勤俭持家，在房子的后半部分，就是在小河上搭了猪圈，这样冲洗方便；家里不仅养猪，还养几只番鸭，还有北京鸭。猪与我的关系不好，我不大搭理它；鸭子却是我的好伙伴，我最喜欢看鸭子在小河上撒欢。它们有时做鸟样，张开翅膀，像后来的深圳一样腾飞，可以在半米高飞三五米远哩。我把鸭子看

鸭子却是我的好伙伴，我最喜欢看鸭子在小河上撒欢。

作鸟的同类，每每做梦，都是鸭子在白云间飞啊飞，有时，我还坐上鸭背，在天空乱逛，似乎还碰到孙悟空，与他扯淡，与后来看的塞尔玛·拉格洛芙的《骑鹅旅行记》有一样的境界。有时，它们把头扎到水底，屁股翘得老高，像游泳运动员在水面上玩花样；它们不时逮着或大或小的鱼，鼓着腮，将其生生吞下，鱼儿尾巴使劲摇摆，像斑马被老虎咬住一样，仿佛在高喊：不要不要……

鸭子不仅在水中觅食，也吃浮萍，外婆经常到鱼塘捞浮萍给鸭子吃。外婆有午睡的习惯，她午睡，我总是被摁着陪睡。可是，小孩子精力旺盛，无论如何也睡不着，一旦外婆睡着了，我便悄悄溜走。因为我与鸭子的关系比较好，我多是溜去捞浮萍，慰问我的鸭子朋友。

不过，番鸭最爱吃的却是蚯蚓。蚯蚓有两种，一种是像粗铁线那么大的，那通常要用锄头去挖，垃圾堆中这种小蚯蚓尤其多；还有一种，如果把小蚯蚓看作三五岁的小孙子的话，它应该可以看成蚯蚓的爷爷，福州话通常叫“地龙”或“土龙”。大夏天，如果下一阵大雷雨，菜地上到处爬满地龙，外婆就让我用夹子去夹地龙，有时可以夹一大盆回来。番鸭吃地龙，疯长，昨天还是小弟，今天就成了大哥，神奇得让我甚至认不出哪只是哪只了。

有一天，又是雷雨过后，我照例去夹地龙，可是，突然，小鸡鸡被一股凉飕飕的气击中，接着奇痒难耐，小鸡鸡在膨胀，像是吹气球一样，不一会儿，小蚯蚓变成了大地龙。现在也忘了痛还是不痛，当时我吓哭了，扔下地龙，哭喊着跑回家。

外婆不在家。母亲看了我的“地龙”，膨胀得已呈透明状，她顿时吓慌了，抱着我就要往医院跑。才跑到大门口，与外婆撞个满怀。外婆问了究竟，我妈让她看了我的小鸡鸡。外婆说：“哎哈，我还以为出了什么大事哩，紧张什么呀！”语气中似有责怪我母亲的意思。

外婆到后门抱来一只番鸭，让它先吃若干地龙，然后，又把地龙身上的黏液沾在我的小鸡鸡上，让母亲把我抱紧了，接着，居然让番鸭来吃我的小鸡鸡——这是搞什么鬼啊！我不让，手飞舞，脚乱蹬，但是，对于一个三五岁的孩子而言，成人的力量甚至大过卡扎菲的暴力，我的“地龙”被鸭子乱嘬一顿。哎，说来也怪，痛倒也不痛，就是痒得一塌糊涂。感谢上帝，还好鸭子不长牙齿，否则，我只能去当太监了。

诸君，见证奇迹发生的时刻到了：眼泪还来不及擦去，我的“地龙”已经恢复成“蚯蚓”了，用今天比较流氓的成人语言说，就是做爱已经结束。

我站着擦眼泪，那番鸭却来神了，意犹未尽，在我的开裆裤里探头探脑。我往母亲的怀里扑，外婆先是打一下它的头，又抓着它的脖子，就这么拎着，给扔到后门的小河里。

外婆对母亲说，我是被地龙的气给冲了，是因为雷雨没下透，地龙探出头时，正好吐气，又正好冲着我的小鸡鸡，所以有此不幸遭遇。今天想来，从概率上看，能好应该是几万分之一。也难说。外婆又说，番鸭最爱吃地龙，让它嘬，它就把小鸡鸡中的地龙的气全给嘬出来了。

哈哈，竟然有这样的事！

长到十一岁时，我随父母去了南平。外婆也去了。

上中学时，我到南平三中寄宿。当年，那宿舍楼盖在山坡上，只三层，一楼住男生，二楼女生，三楼是老师。一楼地气重，房间潮，这是不言而喻的。我们是上下铺，一个房间住八人哩，我睡下铺。

一天半夜，我被一阵剧痛惊醒，几乎是下意识地，用手抓住我的左胸，同时抓住了一团溜滑、扭动的怪物，这是什么啊？！我浑身冒汗。当时，我首先想到的，可能是小老蛇。我把它与我的球衣一道，团成团，用绳子扎牢了，再用脸盆盖上，压上两块砖，打着赤膊，又躺下。咬伤的后果如何，我也不去想了，虽然伤口很痛。不多一会儿，我竟又睡着了。

第二天醒来，我的左手肿得厉害，抬不起来，痛得抽筋。我对同学说了昨晚的遭遇。同学翻开脸盆，把我那一团球衣弄到操场，解开绳子，从里面爬出一条十多厘米长、小拇指那么大的蜈蚣来。天啊，我被蜈蚣咬了！

到学校卫生所，校医立即打针，并让我马上回家找家长。

回到家里，父母带我到正规医院，医院又打了一针，医生说，要过几天才会消肿。

从医院回来的路上，伤口还是火烧刀割一般痛，左手还是肿。

我们上医院时，外婆外出买菜。回来后，听了情况，她还是瞪了我父母一眼：“这也不知道？蜈蚣最怕母鸡的！”外婆说，几米外，蜈蚣要是听到母鸡的“咕咕”声，就会趴在原地不动，等着母鸡来吃。用人类的形状来表述，大约就叫束手就擒、坐以待毙吧。

外婆抱来了一只大母鸡，把手伸进母鸡嘴里，沾满母鸡的口水，将其涂在伤口上，奇迹再次发生了，“嗖嗖嗖”的，伤口仿佛有一股气往外冲，简直就像泄气的气球，手立马不肿，也不痛了。

后来，我们家从南公园搬到了南门的西河里。那里有一个钓鱼伯，夏天钓鱼，网到不少水蛇。他经常用水蛇煮粉干，慰问村里的小朋友。我记得，他煮老蛇，都是放在露天的地方，他说，老蛇最怕蜈蚣。蜈蚣如果闻到老蛇的味道，老远都会跑来；蜈蚣多在屋顶，如果掉到老蛇的锅里，这一锅的老蛇肉都不能吃了，有毒。大自然真是有趣，老蛇怕蜈蚣，蜈蚣怕母鸡，一物降一物。不过，老汉既怕蜈蚣，也怕地龙，正是两物降一物，苦也。

外婆死了，然而，地龙在，蜈蚣在，其他与外婆相关的一切都在。一切的一切，都鲜活地印在我的脑里、心中。

死人倘活在活人的心中，他便没有死。

2011年6月22日

岳父

泰山大人归西了。我给他穿袜子时，见崭新的灰色尼龙袜子上却印着“次品”二字，我不禁鼻子发酸了。

岳父死于癌症，年仅五十四岁。他一生勤俭，吃苦耐劳，为人处世多为他人着想。我从未见他讲起自己，更没听他讲过烦恼。他成天乐呵呵，像个弥勒佛，但独自静坐时，脸上却霜一样严峻。有时我想，生癌的人是不会太开朗的，或许是他心中沉积着苦，才郁结为瘤，转而为癌的吧！

我对岳父所知甚少，但关于他和他母亲的事，我是不能忘怀的。

拙荆的祖母并不是亲祖母。祖母与祖父婚后，祖父漂洋过海去谋生。祖母遵妇道，守活寡。祖父海外寄钱回来，她省吃俭用，买下一男一女。男的便是我的岳父，女的是我夫人的姑姑。

他成天乐呵呵，像个弥勒佛，但独自静坐时，脸上却霜一样严峻。

虽是买的，但情同骨肉，相依为命。春去秋来，祖母乌发染霜，她一生中最担心一儿一女去寻生身父母，那她将老无所靠，魂无所归了。因此，她成天像守着命根子一样守着那黑匣子——匣子里藏着一儿一女的卖身契。儿女一拿到卖身契，就知道自己家在何处，父母何许人了。

其实呢，这是老人多虑了。儿子已人到中年，岂会不想周全、不报养育之恩呢？

后来，姑姑悄悄看了自己的卖身契，并悄悄找到了生身父母。于是，她有了两个母亲。姑姑曾叫其兄也去看看，也去寻亲，这本来无可厚非，生亲养亲都是亲。然而岳父只是摇摇头，笑笑，什么也没有说。

此后，祖母病危。祖母把儿女叫到床前，将黑匣子交给他们，让他们去寻亲。岳父红着眼，汪着泪，双手捧过黑匣子，当着祖母的面，将卖身契烧了，尽了至孝。祖母先惊后喜，微笑睡去。

岳父得了癌症！其实呢，他对自己的病情比谁都清楚。过了一两个月，食物难以下咽，脸色暗黄，日渐枯瘦，他仍笑眯眯对探望者说："这是开刀后肠粘连，过些日子就好啦！"仿佛他在安慰病人。我也见过几个癌症病人，他们生命的火将熄未熄的时候，都痛苦不堪，哀号连天，有的甚至自杀。我在岳父身旁听不到一点呻吟，虽然他开完刀以后痛得浑身发抖，额上汗珠涟涟。

岳父在生命的最后几天里，有了想见生身父母的念头，他希望我们想办法。可是，卖身契已烧，偌大中国，到哪里找寻?

未能如愿。

实在无法如愿。

我们日夜守候在老人身旁。最后一夜，他似乎精神转好，一再示意岳母和我大姨到外头吸吸新鲜空气。不到三分钟，岳父却悄悄西归，悄悄地……

也许，这一切都是岳父的意愿。

是的，他不愿意过分牵累亲人。

岳父和他的养母的骨灰放在一起，位置是上等的，坐南朝北，天一亮，母子便沐浴在朝阳之中。

也算安慰，也算祝福。

1990 年 4 月 5 日

姑父

姑父10日下午中风，去世，享年八十五岁。11日中午我到姑妈家向遗体告别。今天送葬。

送葬回来，我洗了澡，泡了茶，愣坐书桌前，想人生太草率，也太匆促，如此便入土了，了结了。

我想，我应该为姑父留下一点文字。姑父，姑父的家，是我童年的组成部分啊！

福州登云的上山尾村，住的多是房姓人家。福州四面环山，山尾者，山的尾巴，山的最边处。小时候，我听老人说，祖上是从山东流浪过来的，也许曾经颠沛于战乱吧，“率妻子邑人来此绝境”。房氏宗亲选择了福州最为偏远的地方安顿下来。与上山尾村相邻的是下山尾村，姑父即下山尾村人。我父亲幼时丧父，母亲改嫁，他与我姑妈相依为命，姑妈是我父亲最亲的人，也是我们一家最亲的人。

父亲小时十分顽劣，十二三岁即离家出走——也无所谓家了——他是村里第一个到城市谋生的人。父亲老早就义无反顾地把上山尾村的祖屋给卖了。就是说，父亲虽然在城里立了足，在故乡却没了根。这样，如果我们有故乡的记忆，那就是姑父在下山尾村的家，那是姑妈栖居的家。

我上小学的时候，暑假常常是在姑妈家度过的。1984 年，二十出头的我，用生涩的笔写了一篇小散文《小鸟儿》，其中记述了姑妈家的生活场景：

> 姑妈家的围墙是用黄土筑起来的，墙上长着芦苇和不知名的小花小草。在风雨冲刷后，剥落了灰，墙上生满皱纹。傍晚了，姑爹扛着犁，牵着牛绳，铜色的脸上笑模悠悠；姑妈吆着一群“嘎嘎嘎，嘎嘎嘎”傻笑的鸭婆。他们收工，回家了。炊烟依墙袅袅升起，很多麻雀“叽叽喳喳”地在墙头上的草丛中寻找自己的安乐窝。太阳老爷爷像喝醉了酒一样，脸上通红通红，依依不舍地告别了庄稼人，下山休息去了。
>
> 暮色渐浓，大地融进了夜中。

今天想来，这样的场景、这样的日子几乎与梦境一样了。其实，这几十年，不知不觉中，我不只蹚过了岁月之河，更是从

姑妈家的围墙是用黄土筑起来的，墙上长着芦苇和不知名的小花小草。在风雨冲刷后，剥落了灰，墙上生满皱纹。

一种社会状态进入了另一种社会状态，从一种文明到了另一种文明，从一个世界来到另一个世界。

福州还是福州，可是，福州还是福州吗?

表哥大我没几岁，是我童年的小伙伴。我们一起摸田螺，挖泥鳅，采野果，一起对着登云水库撒尿，比赛着谁更给力，尿得更高更远……

我十一二岁、表哥十六七岁时，有一阵子，表哥与姑父顶嘴、吵架，然后有十来天不与姑父言语，父子都沉默着。

一天夜里，八九点吧，已经进入梦乡的我，听到外间有大人训斥小孩的声音。我悄然起身，只见姑父和姑父的哥哥端坐厅堂的正中，表哥跪在他们面前，姑妈则站在边上落泪。

姑父的哥是他们陈家老大，算是一家之长。他厉声道："去拿竹鞭来！"表哥乖乖起身，出去，拿了竹鞭，递给姑父他哥，又返回原位跪下。姑父他哥喝道："把裤子脱了！"表哥老老实实光了屁股，那屁股像是两块高举的大馒头，我在吃惊之余简直要笑出声来。姑父他哥像是授给权柄一样，双手捧着竹鞭，递给姑父，命令道："抽，给我狠狠地抽！"姑妈几乎是下意识地趋前，想阻止，话还未出口，姑父他哥瞪了一眼，她瓷住了。

姑父拿着竹鞭，来到表哥跟前，很用劲地举起手，竹鞭在表哥头上颤抖着。突然，他把竹鞭往地上一甩，闭着眼，仰首苦叹一声。几乎是同时，表哥抱着姑父的脚，"呜呜"大哭起来。姑妈上前，把表哥的裤子拉上来，让表哥给他爹叩头。

姑父他哥无语，背着手，走了。

这是让我难忘的一幕。可是，我至今不知道表哥当年犯了什么大过错。我只晓得，此后他们父子再没有过冲突。

1971 年，我们一家到了所谓“三线”城市。大约是 1975 年前后吧，父亲把姑妈接到南平玩，一玩就是十来天。当时，我读中学。有一天，我竟收到姑父的一封信，大意是，你父亲把你姑妈接到南平，破坏了我家生产。他不便给我父亲写信，所以通过我向我父亲表示抗议。我把信交给了我父亲，第二天，姑妈便匆匆回榕了。也许我的记忆有错，但“破坏了我家生产”这几个字是绝对没错的，我还为姑父的隆重和煞有介事而不解。

姑父和姑妈育有二子四女，当时，孩子尚未长大。今天想来，姑妈离家一阵子，大约家里乱套了吧，所以姑父才生这么大的气。

姑父到了晚年，更是离不开姑妈。我父母生日，姑妈必定来送太平面和太平蛋，但都只待半天，吃了午饭就要往回赶，说她不回家，姑父照料不了自己。

二十世纪八十年代，我在一篇叫《城乡差别》的文章中写到姑父，是把他当作传统农民与城里人作对比的，其中记叙了这么一件事：

我的姑妈、姑父一辈子生活在乡下。前几年位于福州登云水库边上的山尾村被圈地，台湾人要在那里建一个登云高尔夫球俱乐部。眨眼间，山尾村的农民都住进了宽敞的新村，年轻的小伙子大姑娘则当上了工人。

六十余岁的姑父，逢年过节穿上了西装，老实说，与城里的退休老工人并无区别。当然，毕竟是农民，底子薄，洋房的内装修是谈不上的了。屋内床是旧床，桌是旧桌，坐的还是可以两人并排的长板凳。我常常这样想，就像我姑父，外头套着西装，内里却是农民的身子；登云新村就像西装，屋内的设施则如我姑父一样，还是农民化的。

前些日子，我给孩子买了一张书桌，如此，房间只能容下两张单人沙发，还有一张翻下来可以当床睡的长沙发摆不下了。长沙发七成新，没一点损坏。扔了吧，未免可惜。我想，姑妈家都是硬板凳，不如送给他们算了。我特地骑车去登云新村。姑父喝酒去了，不在家。我问姑妈要不要旧沙发，她客气一番后，说我若真的没地方摆了，她就要。当日，我雇了一辆车，把沙发送到了姑妈家。

过几天，我听表姐说，为沙发的事，我姑父和姑妈吵了一架。我姑父很固执，他说，我们不要别人用剩的东西。

过了一个星期，姑父生日，我去吃酒，沙发仍摆在他的厅上。应该说，这沙发是他家中最好的家具了。又过了几天，表姐告诉我，他生日的第二天，就把沙发扔到杂物间去。表姐还说他是神经病。

我想，姑父到过生日的第二天才把沙发打发了，是为了让我看到我送他们的沙发摆在他的客厅里，这是给了我面子了。他的脾气虽有点古怪，心也还是细的。

此后，他的厅里还是摆着几张快成为文物的长板凳。

姑妈一直给我解释，说姑父头脑有一点不清楚，叫我不要放在心上。其实，我是很了解姑父的，他的为人态度是不占别人的便宜，一是一二是二。

姑父就是这么一个姑父。

除了干农活，姑父一生最爱鸟。记得小时候，家里孩子多，饭吃不饱，经常是南瓜、地瓜来凑合着。天大冷时，姑父家的院子里天天“叽叽喳喳”来一大群麻雀，而姑父总是每天要撒一大把谷子在院子里，这群麻雀，仿佛是他家养的。

登云水库边上，有了福州最上档次的高尔夫球场，姑父一家却失去了土地，住进了农民新村。离开了山尾村，姑父一向古铜色的健康的脸，也变得灰暗，再也没有了泥土的余韵。姑父晚年，阳台上养了好多的鸟儿，这些鸟，不是花鸟市场买的，是他从山上抓来的。这些鸟，是他与往事与大自然的最后牵挂啊！

送葬回来，表哥做的第一件事，就是把姑父养的十几只山鸟全给放生了。

鸟儿，你们知道我姑父坟在何处？魂归何方？

姑父的墓在登云水库后边的山上。周日，我常到登云水库散步，我知道，水库边的树林里有各种各样的鸟儿。是的，小鸟儿将在姑父的坟头为姑父歌唱。

走好，姑父；安息，姑父。

2011 年 3 月 13 日

关于父亲的二三事

父亲2017年6月21日去世，享年八十五岁。

那一天，我正好出差北京。人很烦躁，很想骂人！

我刚到北京，四点四十九分，在地铁内接到母亲泣告，父亲已经走了。怎么这么不巧！

上周五，小弟对我说，父亲又能吃东西了，我以为无事，上个周末也没回家，还出差了。唉唉！

前几天，我儿子给父亲喂水，我告诉父亲，孙子很快要结婚了，父亲流下眼泪。想到这，我又给儿子打电话，对他说，这次爷爷出殡，女友要以孙媳妇的身份参加葬礼，要算房家媳妇了。我竟说不下去，对着电话哽咽。

第二天晚上，办完事情，我匆忙回家。家人都在。看父亲，脸化妆了，算是安详。我突然发现，父亲像极祖母。什么是遗传？这就是遗传。一代传一代，此后父亲就生存在我身上了。

父亲也算高寿，老年痴呆两三年，我母亲我小弟我妹夫等一把屎一把尿照顾，多次边照顾边吐。我办不到。惭愧。

人死定有预告。最近一段时间，我总烦躁，父亲去世前两三天，无缘无故，竟然电脑与手机同一天坏了，都不能用，都换新的了。前些日子，家中鱼一口气死了九只，办公室的鱼也同时死，又买，又死。家里的灯没来由地一再跳闸。我曾经对朋友说，似乎有什么事要发生。

昨日安葬父亲，今天下午稍事休整，我想起我平时写的关于父亲的文字有三篇，前两篇写于2017年，第三篇写于1985年，跨越的时间很长。父亲就是这么一个父亲，也愚昧，也善良。现发一博文，为父送行，愿老人一路走好。

2017年6月24日

箍桶匠

1973年，我小学毕业了。父亲认为我不要再读书了。他说，他十二岁就出来当学徒了，所以现在成了八级翻砂工。他经常对母亲说，读书有什么用？能当饭吃吗？还说，读书读书，将来当“右派”！

父亲认识一个箍桶匠，当年，那箍桶匠不满三十岁，却带着七八岁的小孩到处揽活，让父亲十分羡慕。父亲想让我跟他学箍桶。他认为，这是一门手艺，可以养家。那箍桶匠翻山越岭，走村串户，四海为家，这样既可以逃避上山下乡，还能早早结婚，他也好当爷爷，好孝敬祖母，过上四世同堂的日子。

母亲自然是反对的，她上过女子中学，在孩子读书这事上还是有点见识。再说了，兵工厂所有子弟都上中学，就我们家的孩子去箍桶，这像什么话？于是，在一场大吵大闹之后，父亲沉默了。

虽然那年代无书可读，小学升中学，对所有家庭来说，这是自然而然的事，可是，在我家，就要闹出一场风波。

我好久没有理睬父亲。其实哩，平时我也好几天与他搭不上一句话。说让我去箍桶的那些日子，我在心态上觉得自己被贬得比所有的孩子要低人一等。看那箍桶匠父子，穿着破烂，挑着担，居无定所，与乞丐相差无几，难道这就是我的人生？难以想象！从福州到南平，我童年的小伙伴本来就少，我更加孤独了。

一天中午，父母午休，我赤着脚，双手插在裤袋里，在工厂的后山踽踽独行，看上去像个思想者了，至少像一个失恋的人。此时，我满脑子想的都是《高玉宝》一书中的《我要读书》一节。虽然我也不爱坐在课堂读书，但让我箍桶，我是真切地恨我父亲了。我觉得，我父亲就像周扒皮一样可憎！周扒皮，我怎么会是周扒皮的儿子啊，我是高玉宝，我要读书！

兵工厂的后山，漫山遍野地种着地瓜，有一养猪场，有一试枪的靶场。机枪的“突突”声昼夜响着，我走向靶场。工厂生产的一批机枪好了，要检验，就得从中抽出几支，对着对面的山头不停地打。枪管打红了，像燃烧的煤炭一样，把枪管往油中一沾，油桶里立即冒起白烟，取出，继续打。据说，要打七天七夜，没有问题了，才算合格，这批枪才能出厂。

试枪的方师傅是我家的邻居，他看见我满脸愁容地站在那发呆，也不问缘由，就拖我来试枪。要是平时，我肯定吓跑了，那天，不知哪来的勇气，我到机枪前，在师傅的指点下，对着山头，漫无目的地拼命射击。我又惊又怕，出了一身汗。

今天想来，那也没什么。因为那机枪和目标都是固定的，你只要扣动扳机就行了。

打了上百发子弹，师傅拍拍我的圆脑袋说："爽了吧？"让我停下。他送我两颗重机枪的铜子弹壳，轻轻地拍拍我的脑袋，踢了一下我屁股："滚吧！"这就等于送我两角钱了。我们工厂的小孩都知道，铜子弹壳可以换叮叮糖吃，一颗子弹壳换一角钱的叮叮糖。

揣着有七八厘米长的子弹壳，我还是爽不起来。我来到了工厂养猪场。猪都在睡觉，听见有动静，有的也只是眯着眼看我一眼，又继续睡了。我看见有一个装猪饲料的足有一米宽的大桶，桶外用大的竹篾箍着。我仿佛发现了碉堡，真想端着刚才的机枪对着这碉堡狂射！我仔细地瞅着那竹篾，暗忖，这就是让我去箍的桶？也不管三七二十一，我掏出口袋里的两个重机枪的子弹壳，对着竹篾就是狠敲、猛砸！子弹壳的口还是蛮锋利的，不多会儿，竹篾给捣烂了，木桶立马散了，大桶中的猪饲料洒了一地。这时，饲养员被响声弄醒了，看见我莫名其妙地捣乱，操起竹竿就要打我，我飞快地跑了。他是一个老人，哪里跑得过我？

终于，中国少了一个箍桶匠，多了一个中学生。

不过哩，当我年过半百阅尽炎凉后，心想，当年要是真的当了箍桶匠也没什么不好，行走在乡间小道上，过了这一村再到那一村，翻过这座山再翻那座山，小溪流水，鸡犬相闻，村姑相伴，那我不是成了大山之子、自然之子了吗？再看当下我周遭那些精致、冷漠、自私，依附在体制上的寄生虫，都是茅坑里的蛆啊！当个箍桶匠起码自食其力，有什么不好？！

虽然今天因为塑料桶泛滥，老汉早已无木桶可箍，但大约也是儿孙满堂了，呵呵。

2017 年 1 月 18 日

捣鼓

一天，母亲到南平三中把我叫回家，说是阮阿姨来了。

这个阮阿姨，我是知道的，她是我舅舅的大学同学，还是南公园附近的邻居，当年在省艺校当老师。我还在福州时，她经常来我家玩，很爱我，不时买一些小玩意给我。后来我长大一些，听说她与我舅舅谈过一场轰轰烈烈的恋爱，因为同姓阮，按旧习俗不好结婚，更因为“文化大革命”，派别不同，分手了。虽然分手，若干年后，过了“阵痛”期，阮阿姨似乎与我家还有来往，与我母亲还是以姐妹相称。

她到南平干什么呢？

她代表省艺校到南平招生，主要是在各文艺团体中招。她只是顺路来看看我父母。

我父亲一听说阮阿姨来招生，就说能不能把我也招去。阮阿姨并不拒绝，说她也想看看我长多大了，不过，还要看我有没有这方面的天赋。他们主要招会唱歌跳舞的特长生。

所以，母亲把我从寄宿的学校叫回工厂。

艺校老师当然风姿绰约，眉宇间透着那种穿越时代的美，换言之，虽然她裹着“文革”的外套，但骨子里的妩媚还是能透露出来。那时，我十二三岁，正是腼腆羞涩之际。我什么也不说，但心里想，我舅舅怎么就没有娶了她呢？也是可惜了。

她让我唱歌，我像反抗审问，不唱！

父亲恼羞成怒，拧着我的耳朵：“你这孩子，唱不唱？唱不唱？！”

阮老师苦笑并摇头，大约她心想，这样粗野之家，定然出不了精致之人吧。

母亲说：“你想唱什么就唱什么吧，唱几句，让姨听听就行。”

阮老师说：“哼几句，喊几句，都行。”

我很委屈，眼里满是泪花，想起晚自习时几个男生在教室大喊大叫《沙家浜》中胡司令的“名曲”，几乎咆哮道：“想当初，老子的队伍在开战……”就这两句，跑了。

这与其说是唱歌，不如说是抗议。

阮阿姨先是惊诧，继而大笑，我跑到屋外时还能听到她的笑声。

后来，我听说，她劝我父母，说我不是搞艺术的料，不要难为我了。我父亲却语出惊人，说：“他是不会唱歌，可是，他有的是力气啊！你把他招走，让他敲鼓，这总可以吧！”

在父亲眼里，敲鼓就是一个力气活。阮老师苦笑，支开了话题。

说来也是凑巧。插队后，我被借调到公社文化站工作。每年新兵入伍，公社文化站都要欢送一番，自然免不了敲锣打鼓。好几回，还真是我敲鼓，那鼓直径一米，两个人抬着，当中一个狂敲。当然了，也有一点小节奏，大约是在鼓面上敲“一二三，一二三，一二三四五六七”，然后在鼓边“嗒嗒”两下，如此循环往复，一路走去，直到来舟火车站。自始至终，大约也要敲一个小时吧，罢了，一身臭汗。还真是体力活。

知子莫如父。父亲眼光如炬，知道我有捣鼓的天赋。

2017 年 1 月 21 日

《东风浩荡》

我是一个单调的人，如果说有什么业余爱好的话，那就是逛书店。一个星期天，我往往把全城的书店都跑遍了。

我父母都是工人，他们不喜欢我买书。小时候，我每买一本书，母亲就要心疼地嘀咕："啧啧，两块钱，可以买几斤肉了！"父亲则拧着川字眉，没好气地说："看书看书，以后当右派！"那年头，读书是和当"右派"画等号的。

书这东西，是一个魔，看了一本，就会迷上第二本。读书会上瘾。上瘾了，大概也可以说得了怪癖吧。凡是借来的书，我便看不进去，因为读自己的书自由，可以乱涂瞎画，歪批三国。有一古对联叫"人因求知瘦，家缘买书贫"，我不瘦，但倒确实因买书买"贫"了。念中学时，寄宿南平三中，父母给的伙食费都被我"挪用"了，搞得有时候我一天只吃七分钱的菜：上午是一分咸菜，下午、晚上各三分小白菜。记得有一个夏天的中午，我又饿又累，身上只有一块钱，当时真想吃了饭坐车回去。可是，到书店一看，《金光大道》第二部出来了，我喜欢浩然的书，当即买下。这可好，连回去的路费也没有了。我兴高采烈地捧着书，冒着烈日，走了十多公里路，一路上还怪得意的，也不累也不饿了。

粉碎"四人帮"以后，读书不再与当"右派"画等号了。我的好读书，感动了父亲。一天，他背着手来到我面前，神秘地憨笑着说："你猜，我为你买了什么东西？"父亲像孩童一样灿

父亲像孩童一样灿烂地笑着，我摇头，不说话。

烂地笑着，我摇头，不说话。他喜气洋洋地说：“很合算啊，一本一块二的书只卖两毛钱。”他把书往我面前一放，哦，是一本“反映医药战线反对走资派的斗争”的书——《东风浩荡》！先是一阵悲哀袭上心头，接着又是一阵感动，我的眼眶湿润了。父亲，淳朴的父亲！无知的父亲！我还是应该高兴，父亲，毕竟不反对我买书了。

我曾处理掉许多无用的书，唯有《东风浩荡》还摆在我的书架上，它常常让我不忘记父辈的无知和善良，提醒我要自强不息，奋斗不止。我多么希望在我们这一代人身上，结束愚昧无知的状况；我多么希望我们的后人，都出身书香门第！到那时，我们整个民族的文化素质，不是都得到很大提高吗？

有人说，这几年书贵了，买不起。我却挺阿Q，曹雪芹写《红楼梦》用了十年时间，歌德写《浮士德》几乎倾注其一生心血……先哲先圣们付出了如此代价，难道我连买书的钱都花不起吗？

休息时，我最喜欢默默地瞧着我的大书柜。一本一本齐齐整整的书，有时像一个个戎装肃立的战士，等待着我的“检阅”；有时又像一座座高山，鼓励我勇敢地去登攀……书柜里珍藏的岂止是几捆纸、几堆书？它藏着荷马、拜伦、鲁迅和巴金一生的奋斗，藏着一个个伟大的灵魂！

1985年9月21日

附录

死之沉思

生存时且思索那死

中国人大多不愿谈死，不愿思考死，在“死”字面前多有忌讳。

在原始先民看来，人是不死的，人不在了，只是换了一种方式仍然活着。《山海经》中就有“不死民”“不死之国”“不死山”“不死树”“不死草”“不死泉”的诸多神话，《韩非子》中提到“献不死之药于荆王者”，屈原在《远游》中唱道：“仍羽人之于丹丘兮，留不死之旧乡。”这一切都反映了古人贪求不死的愿望。

死亡是一种命运，而且是一种已知的命运。对自己所面临的如此巨大的连“万岁爷”都无法逃脱的现实，有几个国人进行过冷峻的痛苦的理性思考，从而升华为一种对死亡的从容呢？似水流年，光阴似箭（火箭），当蓬勃的生命再也激不起浪花时，当上帝，当马克思，当列祖列宗向我们招手时，有多少人将其看作是一种必然呢？

我不知道。

鲁迅先生的《野草》中有一篇《立论》，写了一个关于婴儿的生与死的故事：

> 一家人家生了一个男孩，合家高兴透顶了。满月的时候，抱出来给客人看，——自然是想得一点好兆头。
>
> 一个说："这孩子将来要发财的。"他于是得到一番感谢。
>
> 一个说："这孩子将来要做官的。"他于是收回几句恭维。
>
> 一个说："这孩子将来是要死的。"他得到大家合力的一顿痛打。
>
> 说要死的必然，说富贵的说谎。但说谎的得好报，说实话的遭打。

虽然，鲁迅先生文章所谈的，不仅是对死亡的忌讳问题，然而，它确实表明了人忌讳死，不愿意直面死，甚至害怕死。

由此，我想到了《格列佛游记》中的一段话："一个人已经一条腿跨进了死亡，一定会用力把另一条腿撑住。年老的人总希望多活一天，而把死亡看作最大的不幸，天性随时鼓励着他躲开死亡。”

不敢正视死亡，害怕死亡，这使死亡变成人的最大悲剧，而不是生的必然归宿。历朝历代的皇帝老儿一律对“万岁万万岁”孜孜以求，所以中国的炼丹术自古以来就格外发达。中国的囚徒被押上刑场时双脚瘫软，浑身战栗，甚至不如外国的强盗，面对死亡仍然微微一笑。我的一个老领导，患了癌症，开了刀，医生骗他是瘤，过了一年平静日子，后来他知道自己生癌了，如雷轰顶，一个月不到，便瘫倒在床，很快不省人事，谢世而去。一个老妇人，七八十岁了，生命之灯将熄，愈是畏死贪生，终日要西洋参等补品维持，呜呜咽咽，不许儿女离开半步。不少人不能从容地去死，也许轰轰烈烈地过了一生，末了，却丧失了最后的尊严。

贪生怕死，这是人性的一种表现，属人之常情，也不宜厚非。然而，这不也证明，为了死得从容，我们应该进行死的教育吗？

没有平时对死的认知，没有理性的升华，怎么可能在人生的最后时刻，有一种豁达，有相应的心理承受力呢？你的心如果只是湖泊，如何承受大海的黑浪？于是，只有呻吟，只有呜咽。

其实，死亡并不是人生的悲剧，而是人生的必然。想想看，我们竟然能降生，能成长，能享受生命的美丽和欢乐，是多么幸运！当死亡来临时，我们不应该充满了谢意吗？在死亡面前战战兢兢，一生辉煌都黯然失色，这才真正是生的悲剧。

人生存的每一天，都在走向死亡。我们也应该每一天都在为死亡做心理准备。古往今来，在地球上已经存在过的八百亿人，都毫无例外地走向死亡。可以说，在人生的航道上，每个人都可以坐在自己的生命之舟上，各自用不同的方法去驾驭它，然而，它的去处都只能是死亡这一终点。

死亡，是无法超越的。既然无法超越，我们就要有勇气直面。

二十世纪八十年代始，美国实行教育改革，其中就规定在中小学校实施“死亡教育”，帮助学生科学地了解人的生与死，理解生命历程中不可抗拒的客观规律，促使人活得更充实、更有意义、更有价值。

我们有许许多多关于生的教育，如爱的教育、美的教育、性的教育等，这是生的过程中的教育。但是，我们却缺少死的教育。我们不能责怪许多死者的不从容，对于将死之人，人们都抱着同情与博爱之心。缺少死的教育，造成一些人心理承受力脆弱，视死亡为恐怖。

每一个人从他懂事起，都应该知道人难免有一死，心中应该有几个庄严死者的崇高形象，应该经常地思考死。一个人，不能从根本意义上知道死，也就不能从根本上知道生。对死亡的思考，不能死之将至时才开始。到那时，心灵一定是非常脆弱的，一切都来不及了！那么，就只能死得窝窝囊囊。反过来说，死得窝囊的人，生前会有辉煌和庄严吗？一个绝望的死者，不仅丧失了死的尊严，也是对生的亵渎。

我想引一首四世纪时希腊诗人巴拉达思的小诗：

你太饶舌了，人啊，不久将睡在地下。

住口罢，你生存时且思索那死。

宁静

尽管不少中国人的内心是无限寂寞的，但这寂寞不能“义形于色”，还得笑容可掬地应酬许许多多的热闹场面，这都是因了一个“礼”字，实际上就是装装面子而已。

这种热闹，甚至临死也无法摆脱！

我们不妨重温一下鲁迅《父亲的病》中的片段：

早晨，住在一门里的衍太太进来了。……她是一个精通礼节的妇人……“叫呀，你父亲要断气了。快叫呀！”衍太太说。

“父亲！父亲！”我就叫起来。

“大声！他听不见。还不快呀？！”

“父亲！！！父亲！！！”

他已经平静下去的脸，忽然紧张了，将眼微微一睁，仿佛有一些苦痛……

“叫呀！快叫呀！”她又催促说。

“父亲！！！”

“什么呢？……不要嚷。……不……”他低低地说，又较急地喘着气，好一会，这才恢复了原状，平静下去了。

“父亲！！！”我还叫他，一直到他咽了气。

我现在还听到那时的自己这声音，每听到，就觉得这却是我对于父亲的最大错处。

鲁迅为什么会有这种“我对于父亲的最大错处”的责己的感慨呢？大约就因了当年自己的年幼无知，盲从了衍太太传授的礼俗，使得父亲死前无法宁静。也正是缘于对旧礼俗的痛恨，缘于对父亲等人死前死后的感悟，鲁迅在遗嘱中，希望自己有一个宁静的结局，要求“赶快收敛，埋掉，拉倒”“不要做任何关于纪念的事情”（《且介亭杂文末编·死》）。

死时无法宁静，那么死后呢？就更热闹了。据周作人等家人介绍，鲁迅的《孤独者》中所描述的魏连殳祖母去世时的场面，就是鲁迅祖母去世时的场面。魏连殳是“新党”，似乎礼俗可以简化，但“三大条件”是他必行的：一是穿白，二是跪拜，三是请和尚道士做法事。这也够热闹的吧！

人若有爱心，对将死者应有临终关怀，死前死后，应该宁静。死是只有一次而无人可以描述的经历。这必定是痛苦的过程。一个人从容平静地死去，这不是人生最后最大的幸福吗？我觉得，若有爱心，亲人死时，不应该让亲人死在集体的病房里，应该让他们有单独一间窗明几净的小屋，应该有美丽的鲜花，有将死者平时最喜爱的音乐。赵丹临终前不愿见别人哭泣，而愿意在病房内播放旋律优美的音乐……这一切，不知比死后的热闹要重要多少倍啊！此外，死后为什么一定要放千篇一律的哀乐呢？我们生前逃不脱许许多多的千篇一律，死时还是如此单调吗？我们完全可以什么哀乐也不放，只要宁静——“生如夏花之绚烂，死如秋叶之静美”，生辛辛苦苦，死是永远地休息，永远的宁静了。

最后的美丽

死是悲剧，尸体丑陋。死亡，从直观而言，无论如何不能和美联系在一起。

几十年来，我也看过不少死人了，熟悉的或不熟悉的，亲友或非亲友。我有这样的感受，他们给我最后一面的印象，往往铭记在我脑海中，而这死时的不雅或可怕的形象，常常成了我做梦的材料。我不愿意死去的亲友都是以可怕的形象存在于我记忆之中。

人死了，对死者来说，这是在世界上的最后一次亮相；对生者来说，我们尊重死者，就应该为死者留下最后的美丽。为什么只有伟人死了，才请化妆师精心整容化妆呢？我以为，生前要化妆，死时更要精心地化妆，要穿最好看的衣服，要像所有死去的伟人那样，遗体的四周簇拥着鲜花……生前什么钱都花了，怎么死了，反倒不该花这一点钱呢？我甚至觉得，火葬场应该有这样的规定：没有化妆的尸首，是对死者权利的侵犯，应不予火化。总之，避免死亡的丑陋，这既是对死者的尊重也是对生者的尊重，这既是对死的从容也是对生的热爱。

最后的美丽，也是永远的美丽。

树葬

人死魂去，余下的只是一具僵尸而已，说得坦率一点，只是生命的垃圾。在使用汉字时，活人用的是“他”；死人，哪怕他曾是伟人，对其尸体，也称之为“它”。

怎样安葬“它”——生命的垃圾？

对尸体的安葬，古往今来，千奇百怪，纷繁复杂，诸如土葬、水葬、火葬、崖葬、天葬、野葬等，不一而足。

在中国，土葬是最普通、沿袭时间最长的一种葬法。有的地方，人一生下来，便立即掘一个坟墓，据说这是保佑其一生平安。闽北山区曾有这样的习俗，孩子一出世，长辈便拿一根藤，到山上找一株好杉树，将藤箍上。此后，这棵杉树便是这孩子百年后的棺木了。

这种葬俗在今天，是否得到根本的改变呢？未必。报载，人口不足七百万的浙江温州，七山一水二分田，每年却要冒出三万

最后的美丽，也是永远的美丽。

座坟墓，损失一千五百亩土地。河南省一千五百万个旧坟，占地三十万亩，每年还有三十三万个新坟出现在农田里。河南省一年丧葬费七亿元，其中临湘自1987年以来，还建了“活人墓”五千多座，为占“龙脉”而闹械斗的事，时有所闻。

长期以来，我们提倡火葬。可是，世上有这么多人死去了，即便都化成骨灰吧，若干年后，愈积愈多，骨灰不一样可以和人类争空间吗？虽然，有的人把骨灰撒向大地高山、江河湖海，但更多的后人，为了表示哀思，又将骨灰埋到了地下，堆起了坟墓。

总是不尽如人意！

一堆堆的坟墓，就像大地母亲身上的累累疤痕，触目惊心！

奥地利作家茨威格有一篇很著名的散文《世间最美的坟墓》，他说：“我在俄国见到的景物再没有比托尔斯泰的坟墓更宏伟、更感人的了。”列夫·托尔斯泰的坟墓有什么特色呢？他这样描写道：

> 顺着一条羊肠小路信步走去，穿过林间空地和灌木丛，便到了墓冢前；这只是一个长方形的土堆而已，无人守护，无人管理，只有几株大树荫庇。他的外孙女给我讲，这些高大挺拔，在初秋的风中微微摇动的树木是托尔斯泰亲手栽种的。小的时候，他的哥哥尼古莱和他听保姆或村妇讲过一个古老传说，提到亲手种树的地方会变成幸福所在。于是他俩就在自己庄园的某块地上栽了几株树苗，这个儿童游戏不久也就被

忘掉了。托尔斯泰晚年才想起这桩儿时往事和关于幸福的奇妙许诺，饱经忧患的老人突然获得了一个新的、更美好的启示。他当即表示愿意将来埋骨于那些他亲手栽种的树木之下。

托尔斯泰死后，后事就完全按照他的愿望这么办了。茨威格是这样描写他到托尔斯泰坟墓时的情景的："他的坟墓成了世间最美丽的，给人印象最深刻、最感人的坟墓……风儿俯临这座无名者之墓的树木之间飒飒响着，和暖的阳光在坟头嬉戏；冬天，白雪温柔地覆盖这片幽暗的土地。无论你在夏天或冬天经过这儿，你都想象不到，这个小小的、隆起的长方形包容着当代最伟大人物当中的一个。"

对于茨威格的描写，我的感觉是，与其说是到了托翁的坟墓，不如说是来到了风景迷人的山林。看着这些山林，我们不是好比看到了托尔斯泰的魂灵吗？托尔斯泰在自己植下的树木中，让自己得到了再生。

我想，既然难免要占去地皮，干脆就占吧。我们能不能提倡树葬？

死亡与种树的联系，古已有之。西周时期，王室就设立了"林衡""山虞"等官职，专门掌管丈地、种植和护理林木等事务。当时为了动员民众植树，明文规定："不树者，无椁。"也就是说，不种树的人，死了以后连一口薄皮棺材也不给。

不树者，无坟——如何呢？

在中国，也有列夫·托尔斯泰一样的坟墓，而且是普通人的坟墓。我们不妨看看沈从文为悼念他的姐姐写下的一段沉重而深情的文字，由此，我们似乎可以形象地感受到何谓树葬了。他写道：

> 那年我死了一个二姐，她比我大两岁，美丽、骄傲、聪明、大胆……我特别伤心，埋葬时，悄悄带了一株山桃插在坟前土坎上。过了快二十年，从北京第一次返回家乡上坟时，想不到那株山桃树已成了两丈多高一株大树。(《从文自传》)

沈从文不知名的姐姐是平凡的，就像那株山桃树。然而，沈从文对他姐姐的思念，也像这株山桃树，不断地滋长，而思念之树的根，也愈来愈深地扎在心的沃土中了。

一个人死了，家人将其骨灰葬在指定的荒山，种下一株或多株松树或榕树，让骨灰肥树。这样既绿化了荒山，也可以寄托人们的哀思。每年的清明节，亲人们去扫墓就是去郊游，看到的不是一座座无生命的水泥馒头，而是一年比一年壮大的蓬勃生长的亲人的生命之树。人们可以强烈地感觉到，亲人还活在我们中间，依然用生命的绿色，向世世代代昭示着永远的希望。

我多么希望我们的郊外有一座森林公墓，那将是世界上最美的公墓！

1998年11月14日

了断

黛玉闻知宝玉定亲，知道自己将一命归阴，她首先想到的就是焚稿。这些诗稿，记录着自己的青春期盼，倾诉着自己的纯真情感，是心血、泪水的结晶。今生无缘，不论宝玉有情无情，终要了断。寒塘鹤影，冷月花魂，质本洁来还洁去。这是一种绝望的辞世前的了断。香魂一缕，飘飘袅袅，归于天宇。

之所以想起黛玉的焚稿，是因为台风天气，水漫金山，我在家读书，在《亲历晚清四十五年——李提摩太在华回忆录》中读到了这样一段文字：卡罗斯特先生有记日记的习惯，他的日记里不仅有他的经历，还有他的感想，是颇有含金量的文字。米切尔对卡罗斯特的奉献精神深怀敬意，从他的日记中摘录若干，不定期发表在北京的报上。卡罗斯特大约对自己的日记也感觉良好吧，一次，把日记给李提摩太，希望他能帮助编辑出版。李提摩

寒塘鹤影，冷月花魂，质本洁来还洁去。

太不以为然，“发现他那种怪诞的行为与念头又有所回潮”，把日记还给他，告诉他等一段时间再发表。卡罗斯特要发表自己的日记，至少是对自己日记的在意，而在李提摩太看来，这种行为和念头是“怪诞”的。

此后，卡罗斯特从北京步行到汉口，又到上海，此间，他大约经历了许多吧？一两年后，他们在上海又见面了。卡罗斯特的“脸上洋溢着幸福的笑容”，他宣称：“现在我战胜了我的最后一个敌人。”

“它是什么？”

“我的日记是我的骄傲。我刚刚把它烧了。”

李提摩太很震惊，认为“这真是一个悲剧”！

此时，卡罗斯特已经是一个“疾病缠身”的人，不多久，他在天津去世了。

卡罗斯特爱惜自己的日记，是因为日记记录了他的经历、情感乃至思想，他以此为骄傲。从传教士的角度说，他还在意自己的“业绩”，而没有达到“忘我”的程度；用一般人的眼光看，他还有人间的牵挂。最终，他烧了自己的骄傲，是因为他无我了，知道死之将至，他回到了上帝的怀抱——这既是对人世的了断，也是对自我的了断。

我又想起N年前在《北京文学》上读到的一篇小说，作者和篇名都忘了，内容大致是这样的：一个鳏寡老人在一家单位当门卫，自觉来日无多，将多年积蓄在老家买一墓地，为自己找了归宿，也算了结了唯一心愿。可是，自从有了这墓地，感觉多了牵挂，想着，这墓地风水可好？死后在此是否安适？这墓地会不会影响村里的发展？如果孩子放学路过，会不会吓着孩子？发洪水了，那抔黄土会不会被大水冲了……总之，有了这块墓地，就有了人间的牵挂，多了许多烦恼。一个大雨倾盆的天气，他边抽烟边痴想。望着掉落的烟灰，他顿悟，人死了，不就和这烟灰一样吗？他终于想通，扛一把锄头，冒雨把墓地平了。不多久，村里修路，他的墓地成了公路了。他站在路边，暗忖：死了就没了，还管得了埋在哪里吗？没了一点牵挂，多了快感。这是这位老人对这个世界的了结。

诗稿和日记是林黛玉与卡罗斯特生命的凝聚和结晶，是他们留在人世间的最后牵挂，烧了，就相当于那个老人平了自己的墓地，他们终于战胜了自己的最后一个敌人。他们要走了，就无牵无挂地决绝地走了。生时，且思考那死。我们不仅要对这个世界有最后的了断，还要对自己有一个最后的了断，而且是更艰难更重要的了断。

时刻准备着，为了最后的了断，为了超然的有尊严的了断。

2016 年 10 月 15 日

最后的风景

——读《中外遗嘱大观》

写遗嘱，大多的情况下，是在生命之烛将要燃尽的时候，是将死之人对世界的最后牵挂和叮嘱。人的生存境遇各有不同，人的死亡状态也彼此有异，人的遗嘱自然也各呈特色。而唯其写于将死之时，内容仿佛格外真实，心情似乎格外沉痛。无论如何，遗嘱也是本性的一种直接或者间接的表现。

如此集中地读了由中国青年出版社出版近三十万字的遗嘱，对我来说，平生还是第一次。这让我直面死，也思考生。这也是一道风景，夕阳西下，夜幕徐垂，几缕残红涂抹于天际，有一种悲凉之感。

这部书也有粗糙的地方。比如，内容的排列方面就不够讲究，山本五十六的遗嘱排到了黄文欢的后面，霍梅尼的遗嘱又排到了希特勒的前面……总之，有点乱。然而，它的可取之处也是明显的。它不仅有名人的遗嘱，也有许多普通人的遗嘱；它不仅有伟人的遗嘱，也有许多罪人和死囚的遗嘱……伟人也罢，罪人也罢，在死神面前都是平等的，他们留给世人的最后的话语，多是发人深思，足以警示后人。

伟人具有伟大的品格，这在许多伟人的遗嘱中都得到了充分的体现。我觉得，特别值得一提的是爱因斯坦的遗嘱。他写道："我死后，切切不可把梅塞街 112 号变成人们朝圣的纪念馆。我在高等研究院里的办公室，要让给别人使用。除了我的科学理想，我的一切都将随我一起死去。"他还说，他死后免去一切的纪念活动，甚至要"把骨灰撒在不为人知的地方"。爱因斯坦逝世以后，按照他的遗嘱，遗体被悄悄地送到特伦顿附近火化。没有出殡的仪仗，没有花圈和乐队，没有悼词和演说。跟着他的灵车的只有他的儿子汉斯·阿尔伯特、最忠实的助手杜卡斯以及他的妻子等几人。小教堂的寂静只有一次被打破，那是爱因斯坦的遗嘱执行人那坦教授走近棺材，轻轻地吟诵了歌德为悼念挚友席勒而写的一首诗："我们全部获益不浅，全世界都感谢他的教诲；那专属他个人的东西，早已传遍了人类。"爱因斯坦的骨灰保存在哪里，按照他生前愿望，没有向世人公布。世界上没有纪念爱因斯坦的殿堂，但是，爱因斯坦的"科学理想"，像水、阳光和空气一样，在整个世界流淌；许许多多人们的心中，都耸立着爱因斯坦的神圣殿堂。

高尚的品质并不只属于伟人，同样属于普通人。此书的编

“除了我的科学理想，我的一切都将随我一起死去。”

者在《前言》中，就提到过一个老工人的遗嘱：“……我当工人三十五年，从未无故旷过一天工，总想用自己的行动，为国家多尽一分力。”他也要求死后取消一切纪念活动，“不要披麻戴孝”，火化后将骨灰“撒在田里做肥料”。他要求把他的遗嘱抄好贴在堂屋正面的墙上，“让亲友们都能看到，好理解我，支持我这样做”。在这部书中，这位老工人甚至没有留下姓名，他已经融入了地母的怀抱，他和土地一样朴实的品格，将和大地同在。

古人云，人之将死，其言也善。然而，读了这部书，我感到，人之将死，其言未必皆善，邪恶的秉性有时是要带入坟墓的。戈培尔临死时，毒死了自己的六个儿女。他在遗嘱中说：“……我同我的妻子一样，并代表我们的儿女（他们太小了，还不能表达他们的意见……）表示坚定的决心：即使帝国首都沦于敌手也不离开它……”既然儿女“还不能表达他们的意见”，你有什么权利“代表”？这就更见戈培尔的凶残和毫无人性。这是纳粹残暴的终极证明。

从一些遗嘱中，我们还可以看到，干尽了坏事的人是决不忏悔的。相反，他们张口闭口，都是冠冕堂皇的高调，就是最后的时刻，也不忘粉饰自己。希特勒在遗嘱中声称：“在这三十多年中，唯一指导着我全部思想、行动和生活的，是我对人民的热爱和忠诚。这种热爱和忠诚给了我力量……”明明是让德国人民和世界人民遭到空前的劫难，却高喊是为人民服务，是对人民的热爱和忠诚，这恐怕是恶魔之所以成为恶魔的原因之一吧。

这部书，收集的虽是遗嘱，却展示了各种各样的人生。选入书中的，每篇除原文外，都附有立遗嘱人的简要说明和必要的注释，对其生前、死时的情况做了简介。读这部书，不仅让我看到了不少人临终前的风景，也更多地让我思考怎样活着。

不能正确地认识死，就无法深刻地理解生。

1993 年 5 月 3 日

安魂之所在

——读《灵魂的归宿：俄罗斯墓园文化》

世人多走进花园，而一些文化人却走进了墓园。这首先让我想起的还是鲁迅。在厦门时，休息了，他和学生别出心裁地到坟地游玩。那时的厦门大学的后面是没有所谓墓园的，有的只是乱坟。可是，作为思想者的鲁迅却在乱坟中发现了思想，他认为整个中国就是一个大坟墓；同时，他还有了灵感，坟墓是埋葬过去的，他编了一本自己的旧文章，就取名为《坟》；最有喜感的是，他在乱坟中发现了爱情，在一块许姓墓碑前留了影，还倚靠着墓碑。他把这照片寄给了许广平，意思是，周树人和许家先人在一起哩——世上有这样示爱的吗？恐怖极了，也可爱极了。

高莽似乎和鲁迅有同好。他也是一个“寻墓者”，写下了这本《灵魂的归宿——俄罗斯墓园文化》。

高莽是俄罗斯文学翻译家，同时又是美术家，这既保证了他的文字是上乘的，又保证了他的美术鉴赏水平是超强的。俄罗斯的一些墓园本身就是艺术园地，而在高莽带着美术家的眼光审视之下，加上散文家的笔调，墓园在历史的云雾中，沧桑而又沉重。所有这些，使得这本书成为我的珍爱之一。未知死，焉知生？五十岁以后，我对关于死亡的书籍都有强烈的兴趣，而这本书也是我时时把玩的。

墓中是令人敬仰的历史人物或历史上产生过影响的人物。他们苦辣酸甜的生平可向后人提供人生的启示。高莽既介绍每一座有艺术感有历史感的坟墓，同时也介绍墓主的死以及与他们死亡有关的话题。由于是名人墓园，每一座坟墓，都是一座丰碑。丰碑毕竟还是碑，是石头、青铜等冰冷的材料组成，而有了死者往事、特别是与死亡有关的往事的文学化描述，冰冷的石碑就有了温度，有了灵魂。看书中本身是出色的艺术创作的墓碑图片以及高莽选择的插图，给我的感觉是，阅读此书，仿佛在与墓主对话，与伟大的或是特别的灵魂絮语。我想，如果有机会置身这样的墓园，会拉近与上帝的距离，灵魂也会得到升华。

我想说说果戈理。果戈理的墓是“苏联政府敬立”的，黑色的花岗石圆柱墓碑上写着“伟大的俄罗斯语言艺术家尼古拉·瓦西里耶维奇·果戈理”。可是，他的墓中的尸身却没有了头。这啥情况？原来，果戈理逝世后，最初安葬在莫斯科南郊丹尼尔修道院公墓里。后来，被一位叫巴赫鲁申的崇拜者给“盗墓”了。巴赫鲁申盗走了果戈理的头骨，视头骨为珍宝，用银片桂叶把果戈理的头骨装饰起来，珍藏在一个精致的玻璃盒子里，收藏在一家戏剧博物馆中。人们到了迁墓时，才发现果戈理的遗体没有头颅。

这事让我很感慨。通常盗墓贼掘开坟墓后，盗的都是金银财宝，谁会去管墓内的尸体？谁会去盗尸体上的脑袋？今天我正好在微信公众号上看到《收藏报》的一篇文章《中国考古界的耻辱》，说是挖掘明定陵，出土三十分钟后，三千件文物损坏一半。坟墓中的各种文物被收藏了，而万历皇帝的尸骨却不知被扔到了哪里。慈禧墓被盗，结果也是一样。当然了，万历皇帝和慈禧皇太后的脑袋远不如果戈理的有价值。中国多的是皇陵，皇帝老儿生时是“普天之下，莫非王土”，占尽天下宝物，死了，还要把人间珍宝带到地下。有史以来的中国几百个皇帝，是人类中最自私最残忍的动物。皇陵被盗，尸骨乱抛，也是活该。但是，盗钱财而不盗伟大的象征精神，这是中俄盗墓者的区别，一个对物质敬若神明，一个对祖国文化和文化名人顶礼膜拜，他们要把文化名人的伟大精神留在人间。

前几年，我去了一趟法国，我们一行十来人。当路过先贤祠时，想到先贤祠内安放着伏尔泰、卢梭、雨果等先贤先哲，我就提出进去看看。有几个人反对，说里面都是死人墓，有什么好看的。因为时间很紧，我们还要赶去给“老佛爷”购物哩。我只能随大流，默默地向先贤祠致敬，终于没有进去。

中国的坟墓，大多是石头加水泥，像活的时候住的盒子楼一样，大同小异。中国人只祭拜自家祖先的坟墓，对别人的坟墓是没有凭吊的兴趣。如果说谁要去公墓散步，应该会有人将其视若神经病吧？所以，物欲的“老佛爷”强过精神的先贤祠。

《灵魂的归宿》写的都是历史名人。当然，我们不能指望有众多这样的墓园，真要这样，那地球也容不下。我们应该提倡文明的葬礼。我是非常推崇海葬和树葬的。1895年8月5日，恩格斯与世长辞。遵照恩格斯的遗嘱，他的骨灰罐被沉入他生前最喜欢的英国伊斯特勃恩海。恩格斯成为近代史上革命导师兼世界名人骨灰海葬的先行者。列夫·托尔斯泰的墓只是一个长方形的土堆，坟上长满了绿草，甚至没有修剪过的痕迹，附近几株大树荫蔽着这个伟大文豪长眠的地方。据说，坟旁这些高大挺拔的树木是托尔斯泰小时候和哥哥亲手栽种的，因为他的保姆给他讲的一个古老传说称，亲手种树的地方会变成幸福的所在。托尔斯泰晚年时，想起了这些童年往事，于是饱经忧患的老人决定将来埋骨于那些亲手栽种的树木之下……当我们徘徊在大海岸边，或能看到恩格斯深邃的思想？当我们穿梭于林海之中，或能听闻托尔斯泰的絮语？大海、林海，那也是安魂之所在。

说到底，世界上最好的安魂之处，是人心和记忆。一个人只要活在他人的心中和记忆里，他就是不死的。

2020年8月9日

后记

——清明时节忆亡人，说生死……

懵懵懂懂、匆匆忙忙走过了六十多个春秋，当我的这本以怀念亡人为主题的散文集面世时，回首来路，感觉似乎从一懂事开始就与种种死亡事件相伴随，还有许多关于死亡的记忆，还有许多话要说。

回想起来，最早遭遇死亡还是小学二三年级的时候，那正是“文革”时期。当年，我在福州的红岩小学读书。一天，一个掏粪工人从厕所里掏出一个已经发绿的女婴。校方叫掏粪工人用几张牛皮纸将她包了，处理了。有没有请公安介入呢？年代太过久远，那时我还太小，不知道，真不知道。

后来长大一些，才知道农村溺死女婴并非极端个别的现象。

那个发绿的女婴，我是亲眼见到的。当年，没有心理教育这一说，厕所打捞绿婴时并没有让学生回避，而是围着一群的孩子。在此后的日子，这一场景，经常伴随着恶梦。有一次，在梦中，有人在棺材边哭死人，披麻戴孝，边哭边流绿色的鼻涕，鼻涕居然从鼻子连接到脚背，像是两条固定的绿线……

“文革”武斗期间，我舅舅的一个叫尤生的大学同学来我外婆家玩，他带来了很多“文革”传单，让我和我姨（她只大我几岁）去街上散发，就像送葬路上扔冥纸一样，朝天上乱抛，会有一堆的人哄抢。第二天，我听说尤生死了。他路过东街口，被一颗流弹打死了。活生生的一个人，怎么说死就死了？七八岁的我，就记得前一天，他走时还抱我，用手轻拧一下我的腮，又用嘴亲了一下，表示亲热。

小学毕业前，还一个同学游泳被淹死了，他是我家邻居。他家人用他睡的床板钉了一个小棺材。就是原色的小棺材，下葬了。后来我才知道，棺材不总是漆成红色，没有成年的孩子、没有上寿的人，死了，棺材是不能漆成红色的。多大年龄算“上寿”呢？黄大铣诗云：“五十上寿自来称，死去不算短命人。”五十，才算上寿，才不算短命。

中学期间，还真没有发生死亡事件，但却见多了白骨森森。南平三中在一个山头上，这座山被叫作“福州山”。抗日战争时，很多福州人逃亡到南平，死在南平，都埋在这座山上。当时学校号召种蓖麻，老师说蓖麻油可以做飞机油，是备战备荒的需要（到底能不能做飞机油，不得而知）。于是，我们劳动课、体育课都挖山不止。这么一挖，就挖出了很多棺材、骸骨，在老师的安排下，将其堆成一堆，夸张点说，白骨堆成山了。最后这些骸骨怎么处理，我们也不晓得。后来，“福州山”确实长满了绿油油的蓖麻树。

插队时，就见多了死人了，而且都是青春的生命。我插队半年后，被借用到公社文化站工作。因为经常陪公社领导下乡，全公社都跑遍了，各大队的知青点都有我的朋友。我记得，洋坑大队一个生产队长砍树时被大木头砸死了，高埠大队有一个知青被洪水淹死了，九坍大队有一个知青在排哑炮时被炸死了，溪后大队有一个知青救山火时被烧死了，还有女知青怀着孩子自杀了……王台公社，被称为“绿色金库”，愿那些青春的生命与绿色同在！

插队回来，在兵工厂当了工人。一批冲锋枪出厂前，需要试枪。所谓试枪，就是朝着对面的山一直射击，不断射击，三天三夜，枪管都打红了。没问题了，这一批枪才能出厂。我一起插队的孙延军负责试枪。有一天，他从枪堆里抓过一支枪，突然“呯”一声，他屁股被打了一枪。这是一场事故，试枪后，子弹没有退干净，枪堆成堆，他抓枪时，被其他枪勾动了板机。照理，打到屁股可能问题还不大，没曾想，打断了动脉，在送九二医院的途中，他走了。我们平时叫他“小军子”。“小军子”留下最后一句话是：“好痛啊，你们，没被枪打过，好，痛……”那一年，“小军子”十九岁。

工作后，同事朋友中，总有一些人骤然离去。有个叫苏雨的，才二十八九岁，坐沙发上拿奶瓶喂孩子，得急性胰腺炎，头一歪就走了。他妻子哭得死去活来，剪下一丛头发放在他的骨灰盒中。

还有一个同事管某，看电视，脑卒中，也是头一歪就走了……

此后，正常的非正常的死亡就更多了。在海峡社任职期间，退休职工去世的，职工的父母去世的，等等，我都会去慰问一下。有一个司机，一个月多一点时间，父母先后去世，我去他家两次。几年下来，慰问逝者，总有二三十次。

最可叹的是，退休前一两年，见了几个亲友将要退休，来不及休息一天，就永远地睡去了。少儿社的李某某，还有我妻子的姐姐，都在退休前不久，辞世了。也有退休不多久就走了的。海峡社的陈世华，退休一两年吧，走了；人民社的林元生，退休才半年，走了……

匆匆，太过匆匆！

一天一天的日子都这么过，春天过了是夏天，秋天过了是冬天，所谓年年岁岁花相同。日子像复印件一般确定与重复。可是呢，又是多么的不确定，不知道意外和明天谁先到来。有的人，去年甚或昨天还在世，转眼就是阴阳两隔。

每次看到有人死了，总会有特别的感触。这可能还只局限在与自己关系不是太大、太深的人。如果是自己的亲人、挚友去世了，那刺激将会非常之大。我是我外婆带大的，我外婆走的时候也九十多岁了，算是喜丧，在众人面前，跑前忙后，我像上班操办一件日常事务一样，没有特别的情状。可是，事情都办完了，回到家，突然，似乎没来由地，自己也莫名其妙地，像海啸一样嚎啕大哭，全忘了有邻居在，全忘了他人的感受。

我觉得，我生活在文字之中。有了感触，有了伤痛，往往就拿起笔，记下所思所想，所牵所念。翻看旧文，发现最早的悼亡文章竟然写于二十出头的时候。我不得不承认，我一早就在关注死亡这个命题。

通读我的这些旧文新作，虽然早期《扎根树》《姐姐的小橘灯》之类，有些稚嫩，有为写文章而写文章的雕琢。但是，我要说的是，这本书中的绝大部分文章都不是为写作而写作。它们就像写日记一样，我有话要对自己说。当一个亲友走了，这个人，一直在我眼前晃悠，回顾往事，非写不可了，我就写下了。就是为怀念而写作，为宣泄而写作。心里很痛，就留下了这些文字。写作时，根本没有想到发表不发表的问题。别的文章有可能为写作而写作，只有追思亡人的文字，那一定是真情实感的记录。这是一种非功利性的写作。

写怀念亡人的文字，一般都只记录逝者的种种好处，种种感人之处。如果这样，那可能是选择性怀念，很容易成为逝者单位盖棺论定之悼词的形象演绎。我看鲁迅写章太炎、刘半农等，也不只是写亡人的种种好处，也有若干自家的见解或是未必准确的批评。孙犁的《云斋小说》（实际上是写人的散文），怀人记事，采用的也是鲁迅的笔法。这样写，让人物真实，立体可感。所有的人，不论名人与凡人，不管死人还是活人，说到底，不都是凡夫俗子吗？虽然力有不逮，但忠于自以为是的事实，遵循人物的性格逻辑，却是我努力践行的。

我敢说，这本书是我最真挚最深情也最沉郁的文字。我就像敬畏逝者一样，珍爱这些关于逝者的记忆。

我还生存在阅读之中。这一生，读了多少散文，那是记也记不清了。我印象中，史上最好的散文都是哀祭文。我不用查资料，随手列出的就有韩愈的《祭十二郎文》，袁枚的《祭妹文》，鲁迅的《为了忘却的记念》，郁达夫的《一个人在途上》，巴金的《怀念肖珊》……这些泣血而成的文字，让人魂牵梦绕，刻骨铭心，终生难忘。

在我的书柜里，有三四十本关于死亡的图书，散文体的有《古今哀祭文赏析》《生生死死》《灵魂的归宿》等，纪实体的有《最好的告别》《死亡如此多情》《面对死亡的人》等；学术体的有《死亡哲学》《生死学十四讲》《耶鲁大学死亡公开课》等。每当我读这些书的时候，都会正襟危坐，都会静下心思考过去和未来，思考上帝与外星人的关系。这些书，让人仰望星空，同时，可以感受到从大地升腾起一股力量，一股来自泥土的神力。

经常去火葬场，在等待骨灰出炉的那一时段，我常常独自散步，怀想故人或思考死亡问题。想最多的是，死前怎样了结未了的事情？自己会怎么死？应该怎么死？如何安排自己死后的事？

一个普通劳动者死了，亲朋好友来送行，骨灰未出炉前，送行者海阔天空地神聊，并无太多的悲伤状。我得承认，我也不是送所有的逝者都会悲伤，有的时候，只是履行一种责任或义务。

有一个大领导走了，秘书拟的悼词列了五套班子来送别的名单，估计秘书太忙了，就把平时用的名单复制过来；念悼词的领导也是太忙了，照本宣科。结果是，出席追悼会的有逝者本人……这么大的领导，来了那么多人，走的也是程序。

是啊，人生是一个过程，死亡是履行最后的程序。

我想，一个人死了，会怀念你的人自然会记住你；不会怀念你的人，不论隆重还是不隆重的告别仪式，都只是一生中万千程序之一种。再说了，死都死了，已经融入虚无的宇宙，还要什么怀念？这怀念有意义吗？大家都忙，最后时刻，为什么要浪费别人的时间呢？虽然一定有人是真实的悲伤，但也一定有更多的人要程序化地肃穆，何必呢？我想，自己也过了花甲之年，过些日子可能也要留下遗言，那我要告诉孩子，人是一个人来到这个世界，也是一个人离开这个世界的。死亡是一个人的事，是自己的家务事。假如我死了，我的孩子送走，打理清楚，也就行了。待一切都办好了，再告诉应该告诉的人。省事，人世间纷纷扰扰，吵吵闹闹，省点事好，安静地走了，最好。

不知道什么时候，很早以前吧，听到阿炳的《二泉映月》时，我就想，我死了，停尸期间，身边就播放这《二泉映月》，声音不要高，要调得很低很低，模模糊糊，能感觉到就好……没曾想，前年流沙河走了，他的遗言也是播放《二泉映月》。人是有共情的。

至于最好的死亡，我一直认定是马克思式的，坐在书房，头一歪，走了。工作至死。并不是只有伟人才可以这样死，凡夫俗子也有机会这样死。我认识的一个人，就是坐在书桌前走的。书房是离天堂最近的地方，这要修多少年才可得如此的善终啊！阿弥陀佛，上天保佑！

我要承认，关于死亡，目前的思想还不稳定，或者说，还没想定。死亡课题是至死都无法想定的问题吧？一口气把文章写到这里，我想到的是什么呢？一抬眼，看着赵延年的版画鲁迅，鲁迅那冷森森的眼睛，我又想到了这个死老头。

鲁迅的思维方式总是与人不同，一个婴儿诞生了，有人说将来他会当官，有人说他会发财，鲁迅却说，他终会死的！这大不吉利，让婴孩家人生厌（我想，鲁迅的文章这么写，但生活中大约不会这么说的。就像祥林嫂问死后的状况，“我”不忍伤害祥林嫂，在是或者不是之间结结巴巴）。细想，话虽然让人生厌，却是大实话。古往今来，谁人不死？鲁迅只不过说了一句不合时宜的大实话。何满子先生曾说，人一生下来就被判了死刑，还没死去是因为缓期执行。一想到人天生就是无处可逃的死刑犯（原罪），我又想起了鲁迅在《两地书》中说过大意如此的话：身后万古名，不若眼前一杯酒。或者，应该善待自己？

不知死，焉知生，正是一路面对死亡，所以我不敢有一分一秒的懈怠，又如鲁迅所说：赶快做！把一生想做的、该做的事做了，就是善待自己？福州有一句骂他人办事太操切的话叫：赶去死！六十多年走来，一路死亡相伴，见多了死亡，就更多了紧迫感。只争朝夕。我真的感觉自己行走在死亡的快车道上——赶去死！

这就是我这本书将要面世时我想说的话，我要说的话。这是一本悼亡书，是不好做广告的，只希望有更多的人看到这本书。

人啊，生时且思考那死吧！

感谢我的忘年之交周思源先生。周老八十三岁高龄，身体欠佳，却为我写下了这本书的序言，回顾了我们的交往过程，给予我鼓励和支持。深情厚谊，充盈字里行间。

感谢尚未谋面的张春敏先生，他为本书画了几十幅版画风格的插图。版画的黑与白，与人生的悲苦最接近，与死亡的话题最接近。现在几乎没人为图书做插图了，这是费力不讨好的事，这是付出与回报不成比例的事。我的文章注定速朽，但张春敏的画永在。我当然希望这本书有重印的可能，也让我的文字与春敏兄的画同在，让我们一起感受同在的温暖。谢谢，谢谢春敏兄！

最后要说明一点，我原来的书名叫《亡人往事》，这书名比较死板，或有几分沉郁？但段洁先生认为不好。我想也是，买书的大多是年轻人，谁愿意买一本写一堆死人的书呢？于是有了这个书名。这书名与文字的真挚相吻合，但似乎有点白领的“飘”，但愿市场能有互动，但愿读者能接受。实在地说，也难！自己也曾是出版人，十分理解段洁兄的用心。段洁兄为这本书设计了好几版封面，他对做书的上心，让我这样的老出版人感到惭愧。感谢段洁兄的同时，也感谢肖风华先生和倪腊松先生的支持，没有各位的支持，这本估计将要赔本的书，实难面世。谢谢。

2022 年 4 月 3 日